Le Buffle blanc

Ernst Wiechert

Titre original : *Der weiße Büffel*

Isbn : 978-2-490501-28-1

Couverture et pages illustrées : Adrien Bargin

Les éditions du typhon

83 rue Jean de Bernardy, 13 001 Marseille

www.leseditionsdutyphon.com

Le Buffle blanc

roman

collection *Après la tempête*

Ernst Wiechert

Traduction de l'allemand (Allemagne)
de Sylvaine Duclos

I

Bien avant qu'un drapeau de l'Occident ne flottât sur les plages aux confins de l'Inde orientale, un petit village sur les rives du Gange vit naître un garçon que ses parents nommèrent Vasudeva.

L'accouchement se déroulait sans mal jusqu'à ce que les chuchotements douloureux de la mère fussent couverts par un cri.

Transi de froid sous le soleil couchant, l'Ancien du village, qui restait assis à porter ses yeux à moitié aveugles sur le flot des eaux sacrées, avait hurlé de douleur. Un tigre l'avait attaqué.

Désormais l'animal tournait autour de la lisière de la hutte du nouveau-né. À travers les rideaux, la mère aperçut une ombre qui en traînait une autre. Puis le bruit de morceaux de bois se brisant laissa penser qu'enfin l'animal s'enfuyait, avec sa proie, en bondissant.

Le regard de la mère se reporta aussitôt sur le nourrisson qu'on lui tendait. En le prenant dans ses bras, les lamentations dans les rues du village s'estompèrent en elle, faisant place à un lointain grondement semblable à celui d'un fleuve ou du vent sur un sommet. Seuls paraissaient réels à ses yeux le crépitement rougeâtre des roseaux dans le vieux poêle et le tranquille reflet du feu dans les yeux doux et insondables de l'enfant.

Chuchotant, priant, laissant couler des larmes silencieuses, les femmes du village pensaient que la mort de l'un pour la naissance d'un autre était un mauvais présage. Une malédiction que Shiva avait déposée sur le front du nouveau-né.

Mais ces rumeurs alarmantes n'importaient guère à la mère qui souriait en lavant et en bénissant le nourrisson. Sous ces sourdes incantations, le garçon reposait sur sa poitrine brune. La mère ferma les yeux. Les bruits de la hutte et de la rue s'unirent au murmure du fleuve. Les sons de plus en plus paisibles et lointains les accompagnèrent vers ce sommeil béni qui les enveloppa et les emmena hors du monde.

Ce fut seulement lorsque le soleil se noya dans le fleuve en le faisant briller que le père revint au village.

Tandis que les eaux, parcourues d'or, étincelaient, il sortit de la jungle noire. À ses côtés, les hommes du village tenaient le fruit de leur pêche. Des écailles de poisson s'étaient glissées dans leurs cheveux, sur leurs corps, entre leurs doigts. La lumière du crépuscule se réfléchissait sur elles et les faisait luire d'éclats argentés et parfois rutilants. L'enfant, les yeux grands ouverts, suivait les mouvements de l'être scintillant qui se penchait sur sa natte.

« Il vivra intensément, prononça le père quand on finit de tout lui raconter, mais il aura du sang sur les mains. »

L'homme se tut, pria avant de s'étendre sur sa natte. Ses bras protégeaient ses yeux de la lumière. Le sommeil s'abattit sur lui comme après une dure journée de labeur.

Il était si immobile qu'on l'aurait cru mort.

Rien n'arriva dans l'enfance de Vasudeva qui ne soit arrivé aux autres enfants des milliers de villages qui grignotaient les rives du fleuve. Rien qui ne l'eût élevé dans les hauteurs ou poussé dans l'abîme de l'existence. Le village commença ainsi à oublier les mauvais présages lancés par tous et surtout par son père.

Vasudeva était mince et brun de peau, toujours en mouvement comme tous ceux de son âge. Il se nourrissait, en se régalant, de riz et de poissons, de fruits ou de pain sec selon les saisons. Et ces mets, c'était sa mère qui les faisait cuire dans les cendres de l'âtre.

Avec entrain, Vasudeva surveillait la vache que ses parents possédaient et, de tout aussi bon cœur, il se mêlait aux jeunes bergers du village lorsqu'ils gardaient le petit troupeau.

Ensemble, ils tiraient avec des arcs en bambou, lançaient des javelots légers au bout desquels ils attachaient des arêtes de poisson, ils chahutaient, se battaient, couraient… et sans même qu'ils ne s'en aperçoivent, le soleil brûlant descendait vers l'ouest derrière les feuilles de palmier.

Dans ce bref et intense crépuscule s'élevaient les voix de la jungle. Alors ils frissonnaient sous les bruits plaintifs et furieux d'un monde inconnu et mystérieux.

Dans la voûte céleste jaillissaient des étoiles d'argent. Accroupis sur le sable chaud de la place du village, la nuque penchée en arrière, ils contemplaient, muets, le spectacle tandis que la lueur rougeâtre des feux de roseaux scintillait. Leurs étincelles crépitaient et dansaient jusqu'aux huttes ouvertes. Les enfants sortaient de leurs rêveries seulement quand le corps lourd d'un crocodile se jetait dans le fleuve ou que la présence d'un tigre se faisait sentir. Son feulement se répercutait d'abreuvoir en abreuvoir. Leurs jeunes âmes tremblaient et la vie leur semblait dangereuse et ardue dans l'immense paysage qui les entourait en les menaçant.

Mais ces craintes étaient de courte durée.

Pris d'une folle allégresse, les enfants jouaient à se pousser avant de se réfugier, en courant, sous la chaleur des poêles de leurs parents. Là, ils racontaient les exploits de leur journée en fanfaronnant. Leur mère leur appliquait un onguent sur les piqûres des fourmis rouges des bois et leur père récitait les leçons des Anciens sur les mille et une façons de contrer le mauvais œil et de se protéger du démon de la forêt : celui dont les squelettiques mains noires projetaient de grandes ombres sur le mur d'argile des cabanes.

Tandis que, paresseusement, s'échappait vers les cieux la fumée âcre des roseaux, des étoiles s'élevaient au-dessus de l'autre rive. Elles brillaient d'argent comme aux pieds de Dieux lointains qui, eux, n'avaient peur de rien.

Parfois, un mendiant qu'on appelait aussi un Saint traversait le village. Ses pas lents sur les sentiers caillouteux le portaient tant bien que mal jusqu'à la ville sainte. Accroupi à l'ombre des huttes, le démuni buvait l'eau fraîche qu'on lui tendait et parlait, d'une voix maussade ou avec une éloquence ardente, de ses aventures : tel ou tel village traversé ou telle ou telle forêt ou telle ou telle ville. Il était rarement question de contrition ou de bénédiction, plus souvent de miracles et de mystères. Et il finissait par se lamenter de l'oppression sanglante et de l'impitoyable violence des souverains, traqués, comme tous l'étaient, par leurs sbires. Ces hommes de main extorquaient de l'argent sous prétexte d'impôts, volaient du bétail ou violaient les vierges. Toujours dans l'ombre, invisibles et menaçants comme les Dieux du désert dans les niches des temples.

Comme les mendiants savaient tant de choses terribles, les enfants buvaient leurs paroles. Leurs yeux s'aventuraient timidement vers la noirceur de la forêt qui inspirait le silence. Les vagabonds félicitaient toujours les villageois d'avoir su garder leurs huttes et leurs champs humbles à l'image des Saints.

Si Vasudeva s'enfuyait dès qu'un mendiant arrivait, il courait à sa rencontre dès qu'il quittait le village. Un fruit à la main, il le priait de faire un bout de chemin ensemble et de lui raconter ce qui se passait « chez les puissants ». Quand il rentrait essoufflé à la maison, son père le punissait. La nuit venue, les yeux encore embrumés, il se glissait sur la couche de sa mère. Il l'enlaçait et lui chuchotait à l'oreille ce qu'il avait entendu de plus inouï.

« Tant de choses ! disait-il, les lèvres tremblantes. C'est si loin... »

Elle entendait son cœur battre contre son corps comme lorsqu'elle l'avait porté. Bien que lourds de fatigue, ses yeux restaient ouverts dans l'obscurité, guettant la lumière des étoiles au-dessus du fleuve.

« Il te raconte des mensonges, répondait-elle, rien que des mensonges. Quand tu grandiras, tu verras l'Image derrière les mirages. Que les Dieux guident tes pas…»

Un moment encore, il demeura éveillé. De confuses pensées tournoyaient autour des paroles de sa mère et de celles de l'étranger. Puis sa respiration se fit régulière, ses lèvres se détendirent. La dernière chose perçue fut le battement de cœur maternel qui semblait venir d'un lieu lointain et familier.

En grandissant, il changea. La versatilité de ses humeurs le dominait. Aux journées exaltantes succédaient des heures sombres.

Seul, c'est ainsi qu'il se sentait au milieu de ses compagnons. Il se forçait pour jouer à leurs jeux et quand, juste pour rire, on le provoquait, il se mettait à frapper aveuglément et sans ménagement. Puis il s'échappait vers le fleuve, à l'écart, là où il lui était interdit d'aller. Il se balançait dans les airs à l'aide de lianes d'arbres géants pour atteindre une branche feuillue qui lui servait de trône. De là-haut, il fixait les flots sales au-dessus desquels le vent bouillonnait sous le soleil blanc et ardent.

Où allait l'eau ? D'où venait-elle ? Où se cachait le soleil, le soir ? Et qui allumait les étoiles ? Pourquoi, parfois, le cœur devenait-il aussi lourd qu'une pierre dans un filet ?

Il se pencha, mit ses bras devant ses yeux et s'abandonna à sa tristesse de toute la force de sa jeunesse.

Lui aussi, il partirait ! Aussi loin que les mendiants et les Saints. De village en village, de fleuve en fleuve, il verrait tout, vivrait tout, endurerait tout : les routes, les gens, les animaux, les étoiles, la saison du soleil, la saison des pluies et à la fin… Non, il n'y aurait pas de fin pour lui ! Pour les autres, mais pas pour lui. Non, pas de fin, aucune fin.

Quand le crépuscule gagna du terrain, il se glissa sous les faines, à l'orée de la forêt vers les jeunes bergers et, dans un cri sauvage, se jeta soudainement sur ses compagnons effrayés. Entre leurs visages pâles et leurs mines stupéfaites, il se laissa tomber à terre en riant. Alors ils se ruèrent sur lui. Vasudeva parait leurs coups, l'humeur changée, joueuse et légère.

Et quand le petit groupe retourna au village, ils racontèrent, d'une seule voix, comment ils avaient combattu un tigre dans la clairière. Pour preuve, Vasudeva montra gravement la longue cicatrice faite avec de la boue sur sa poitrine. Les adultes se moquèrent. Les enfants se réfugièrent dans la hutte de leurs parents, amusés et joyeux.

Personne ne savait ce qui se passait en Vasudeva. Seuls les yeux de sa mère observaient le changement sans le comprendre.

Arriva sa seizième année. À cet âge, certains de ses compagnons avaient déjà obtenu la femme qui leur était destinée ; Vasudeva non.

Un jour, juste après la saison des pluies, alors qu'il gardait le troupeau, une succession de bruits étranges montèrent jusqu'à lui. Il n'en avait jamais entendu de pareils sur les sentiers qui longeaient le fleuve. Comme dans une forge quand le fer frotte contre le fer, les sons s'entrechoquaient à en faire trembler la clairière.

Son arc à la main, Vasudeva se glissa sous l'ombre d'un palmier qui se balançait au bout du pâturage.

Silencieux et anxieux, les villageois s'étaient regroupés sur la place. Quant au petit troupeau, il restait dans la plaine verdoyante, fidèle à lui-même : paresseux et indifférent.

Le grondement sur le sentier de la rive s'amplifia. Son rythme devint rapide et cahotant. Aussitôt le village se tint sur ses gardes jusqu'à ce que brillent, comme des oiseaux de métal, des épées. Un homme armé fit irruption entre les huttes. Dans une langue étrange, aux sonorités inconnues, il lança un appel vers la jungle. Ce cri imposa le silence aux villageois.

La gorge de Vasudeva se noua quand il vit un autre homme sortir, à la vitesse de l'éclair, de la jungle. Deux autres cavaliers suivirent auxquels le premier donnait des ordres avec une voix pleine de colère. En dégainant leur dague, les hommes encerclèrent le troupeau avant de le mener là où naissait l'obscurité de la jungle redoutée.

Toujours caché, Vasudeva s'accrochait fort à son arc.

En faisant cabrer leurs chevaux, les trois hommes s'excitèrent mutuellement. Après s'être jurés de faire preuve de la plus grande fermeté, ils se dirigèrent vers le village.

Comme Vasudeva connaissait mieux les lieux, il put les devancer sans être découvert. Bientôt, il se trouva au bord de la place, là où les adultes s'étaient rassemblés. L'arc à la main, son jeune visage pris par l'émotion, il vit les trois hommes rejoindre leur chef.

Sur leurs chevaux, lances en travers de la selle, l'épée et le fouet dans chaque main, les inconnus jetaient des regards hautains aux femmes et aux vieillards agenouillés devant eux, le front dans la poussière.

Leurs traits disaient qu'ils venaient d'ailleurs, à l'exception de celui qui leur tenait de guide. Les mots froids et méprisants qu'ils déclamèrent semblaient avoir été appris par cœur. Ils réclamaient, sur ordre du grand roi et seigneur Murduk, l'impôt qui aurait dû être payé depuis des années dont ces chiens de villageois s'étaient dispensés.

En se mettant à l'écart sans oser respirer, Vasudeva les dévisagea. Non, il ne s'agissait certainement pas de mendiants ou de Saints, mais de ceux annoncés par cette funeste rumeur qui avait couru le long du fleuve. Ces hommes avaient traversé les montagnes depuis des pays étrangers, avec des Dieux et une langue autres, et maintenant ils regardaient les villageois comme des serviteurs dont on pouvait prendre les femmes et le bétail, et dont la vie ne valait pas plus qu'une feuille qu'on broie entre ses doigts.

Les femmes criaient qu'ils ne possédaient rien. Elles jurèrent que la pluie n'était pas venue, que les poissons flottaient dans le fleuve, pourris, le ventre blanc tourné vers le haut. Et que les villageois étaient maudits – toujours menacés par le tigre, par les serpents, par la peste. «*En plus, vous, assassins, voulez prendre à ces enfants de la jungle, du fleuve et de Shiva ce qu'ils n'ont pas*».

L'un des cavaliers frappa le sol d'un coup de fouet pour les faire taire. Après un instant de calme, les lamentations reprirent. Alors le fouet s'abattit en claquant sur les épaules de l'Ancien du village. Lentement les cavaliers encerclèrent la place, leurs armes tournées vers les villageois, le regard louchant sur les huttes.

Aussi, lentement, Vasudeva, caché près d'une hutte, encocha une flèche. Sous ses yeux, disparaissaient les habitations, les arbres, le fleuve et les ombres mouvantes sur le sol. Dans l'espace gris et sans forme de sa conscience, il n'y avait que le visage de l'étranger, celui qui venait de frapper. Sa face devenait une cible comme ce mur sur lequel il avait tant tiré avec ses amis durant l'enfance.

En retenant sa respiration, il dirigea la pointe de sa flèche entre les yeux de l'homme d'où émanait une lueur maléfique. L'arc se tendit jusqu'à ce que les fibres du bois crépitent. Mais, à ce moment précis, alors que ses doigts allaient relâcher la corde pour faire partir la flèche, une main, brune et familière, tapota sur son bras gauche. La flèche partit quand même, mais s'enfonça dans le mollet gauche d'un enfant du village. Bien avant que son sang ne coule, bien avant que son cri de douleur ne couvre les lamentations, le visage de la foule se crispa.

Sans un regard, le cavalier leva son fouet haut dans l'air et de toutes ses forces l'abattit sur les villageois. Vasudeva ne sut pas sur qui le coup était tombé.

Saisi par les bras de sa mère, il fut tiré comme un grand malade derrière la hutte, vers l'ombre où un tigre avait osé roder le jour de sa naissance.

Il se tourna vers sa mère. En sueur, elle respirait difficilement. Elle l'enlaçait en tremblant, enfonçant ses yeux, toujours doux, dans les siens.

« Vasudeva, mon fils bien-aimé, murmura-t-elle, les Dieux que tu sers ne permettent pas que nous versions le sang. La flèche n'est pas le meilleur chemin vers la justice.

— Mère, gémit-il, l'homme a frappé et il frappera encore. Les Dieux ne veulent pas non plus que le fouet s'abatte sur les cheveux gris.

— Parfois si, répondit-elle sans pleurer. Ce qu'ils veulent n'est pas de notre ressort. Celui qui essuie le sang de ses propres cheveux est plus proche du souffle des Dieux que celui qui le fait verser.

— Mais je ne le peux pas, je ne le veux pas, plutôt mourir sous leurs épées que de m'agenouiller lâchement dans la poussière.»

Elle se redressa, reposa son dos sur le tronc d'un arbre abattu. Vasudeva posa sa tête sur ses genoux. Elle lui caressa les cheveux comme avant lorsque, se tenant sur le seuil de la hutte, la lune au-dessus du fleuve, à attendre le retour du père, elle lui contait les récits de son peuple. Mais les yeux de Vasudeva n'étaient plus ceux d'un enfant. Son corps non plus. Sa mère sentit sa force grandissante.

«J'aime que tu sois fier, Vasudeva, murmura-t-elle par-dessus ses cheveux, mais l'orgueilleux qui n'est pas sage est comme un paon au soleil. Nous serions tous morts si la flèche avait obéi à ton œil. Je ne pense pas que tu sois maintenant dans le cœur des Dieux.»

Dans un frisson de fièvre, les épaules du jeune homme tremblèrent. Il secouait la tête en silence. Le bruit des lamentations s'élevait en direction du village, s'éteignait en plainte sourde avant de repartir de plus belle.

Vasudeva se leva : « Mère, tu m'as fait honte. Les autres vont me montrer du doigt et me demanderont si ma flèche était pour les crapauds. »

Avec deux doigts, elle ramena ses cheveux derrière ses tempes, puis hocha gravement la tête.

« Va donc laver ma honte, dit-elle, mais un jour, ta tête reposera encore sur mes genoux, comme aujourd'hui, et tu me réclameras de passer ma main dans tes cheveux. »

La fatigue dominait son visage ridé. Elle s'éloigna vers le rivage sans écarter les lourdes fougères qui se trouvaient sur son chemin.

Lui resta planté debout, le regard fixé au sol. Il retourna au centre du village.

Les provisions, les bijoux, les armes, les idoles, tout avait été pillé. Sur le seuil, les femmes agenouillées pleuraient. Debout restaient les hommes près de l'Ancien. Le sang sur ses épaules avait séché. De la poussière couvrait la plaie des coups de fouet. La mère du garçon ayant reçu la flèche appliquait des herbes sur son mollet. Lorsqu'elle aperçut Vasudeva, elle leva la flèche en l'air dans une colère froide. Lui se contenta de la fixer d'un air morgue. Ses pieds tapaient dans les pierres qui s'en allaient rouler hors du sentier. Après être entré dans la hutte de ses parents, il s'allongea sur sa natte sans se retourner et se couvrit les yeux de ses bras. Ainsi demeura-t-il. Sans bouger. Seul. Avant que la fièvre ne fît claquer ses dents.

Au fil des heures, les frissons descendaient de ses épaules à ses pieds.

Peu après minuit, Vasudeva quitta la hutte.

Il ne revint que trois jours plus tard. Personne n'osa lui demander si un démon l'avait enlevé.

Avec une politesse teintée de hauteur, ses jeunes traits affichant une dureté déterminée, Vasudeva invita ses compagnons de chasse à le rejoindre, à l'heure où la lune se lève sur l'étroite langue de terre. Cet endroit, le village l'évitait. Des crocodiles s'y cachaient et des enfants du village, il y a longtemps, étaient allés jouer là-bas sans jamais revenir.

Quand ses compagnons arrivèrent dans le lieu maudit, ils trouvèrent Vasudeva sur la grande pierre qui était si noire qu'on l'aurait prise pour un cadavre calciné. Le visage anxieux, les chasseurs s'agrippèrent à leurs armes. Pourtant c'étaient ses amis d'enfance. Parmi eux se trouvait celui que Vasudeva avait, par inadvertance, blessé. Celui-ci, d'ailleurs, devait s'appuyer sur un bâton de berger pour marcher.

À l'horizon, la lune était immense ; une lueur cadavérique s'en échappait. L'eau furieuse dévorait la bande de terre. Les troncs d'arbres, en corps gigantesques, se retournaient sur le cours d'eau, toujours ils coulaient, toujours ils réapparaissaient.

« Vous tremblez, dit Vasudeva, mais je vous ai fait venir pour que d'autres tremblent devant vous. Ceux qui sont prêts, prêts à quitter leur père, leur mère, leur femme, le village, les Dieux et les prières, ceux-là, qu'ils me suivent. Celui qui partira laissera tout cela derrière lui, comme de la poussière. »

Personne ne bougeait. Il pouvait entendre leur respiration s'accélérer. Il les dévisagea un à un.

« J'ai appris, poursuivit-il, que les Dieux de ces étrangers interdisent et permettent *plus* que les nôtres. Les nôtres interdisent la violence et autorisent la honte. Les leurs interdisent la honte et autorisent la violence. Même le meurtre. Ne vous méprenez pas ! Je ne veux pas croire en leurs Dieux. Mais je veux qu'au coup de fouet réponde une flèche dont la pointe perce les yeux de celui qui a frappé ! Que celui qui a peur s'en aille maintenant ! »

Aucun ne bougeait.

« Nous avons été élevés comme des chiens, continua-t-il, mais je vous guiderai jusqu'à devenir des tigres. »

Il se leva et fit quelques pas le long de la rive pour s'assurer que personne ne les écoutait. Puis il les fit s'accroupir près de lui et leur parla longuement d'une voix douce. L'un d'eux, *le fils d'une veuve*, s'opposa à lui en gémissant que ce n'était pas la voie juste ; Vasudeva, sans oser le ton, menaça de le tuer s'il révélait quoi que ce soit et le congédia.

Les autres restèrent et leurs visages s'illuminèrent, non seulement de la lumière de la lune qui s'était levée, mais du feu qui brûlait en eux.

Leurs cœurs étaient pleins. Vasudeva ne savait pas encore s'il s'agissait d'un feu pur, mais cela ne l'inquiétait pas.

Ils s'agenouillèrent devant la pierre, se prirent la main l'un l'autre et, silencieusement, entre chien et loup, rentrèrent au village.

Le lendemain matin, dix nattes sous les huttes se trouvèrent sans leurs dormeurs. Quand, après trois jours, elles demeurèrent vides, les fronts se ridèrent comme sous un nouveau coup de fouet. Les villageois ne savaient pas ce que cela signifiait, mais tous sentaient qu'ils n'en retireraient rien de bon.

Seule la mère de Vasudeva poursuivait son travail sans fléchir, bien que son cœur cognât à s'en rompre. Elle secouait la tête : non, non, elle ne savait rien. Le soir, elle alla demander à la mère du garçon blessé, qui faisait partie des disparus, la flèche qui avait atterri dans son mollet au lieu de tuer l'étranger.

Elle la déposa à l'endroit où le troupeau paissait, aux pieds du Dieu dodu, et on la vit souvent s'agenouiller là, plongée dans la prière. Quand elle revenait en traversant la rue du village, beaucoup d'yeux la regardaient, peu avec colère et accusation, la plupart avec un timide respect, comme si elle portait seule, sous ses lèvres closes, les secrets des disparus.

Dans ce pays et à cette époque, toute information était plus lente à parvenir qu'une feuille flétrie dans un fleuve calme. De nombreuses saisons des pluies s'étaient écoulées lorsqu'un des mendiants, qui avait emprunté une autre route que les autres, raconta qu'il avait été accueilli d'une singulière façon dans un pays plus à l'Est.

Dans de nombreux villages auparavant, on l'avait exhorté à laisser le soleil couchant sur sa gauche, car s'il restait sur l'ancien chemin, il arriverait dans un pays d'où les anciens Dieux avaient été chassés. «*Ni l'hôte ni le bétail n'y sont plus sacrés, les villages sont vides, les hommes ont fui ou ont été volés. Car dans ce plus grand village, au carrefour de plusieurs routes, vivent ceux qui ont levé l'épée sur cette pauvre contrée. Là où les rayons de la roue des cieux tournoient, là où les étoiles tombent, dans ce bois, ces champs et ces villages, dominent le meurtre, le vol et le feu. Et quand la poussière soulevée par cette agitation retombe, tout y est vide et mort comme au temps où les Dieux ne régnaient ni sur la terre ni les hommes.*»

Le mendiant vit que ceux qui l'écoutaient le faisaient d'une intense façon. Cette histoire, il l'avait contée maintes fois sur sa route. Habituellement, ses auditeurs tendaient l'oreille, soupiraient ou simplement compatissaient, car l'injustice afflige ceux qui ont le cœur pieux. Mais cette fois-là, on l'écoutait avec une attention jamais rencontrée.

«Malgré les avertissements, j'ai suivi l'ancien chemin, continua-t-il, parce qu'un mendiant est comme le vent qui vient et qui va. Personne ne lève l'épée pour le tuer. Qui voudrait fendre le vent en deux?»

Le mendiant raconta que tout s'était exactement passé comme on l'en avait averti. Plus il s'était enfoncé sur ces terres, plus il avait regretté d'avoir ignoré les mises en garde. La nature y était sévère, mais bonne : la forêt et le fleuve l'avaient nourri. Or, les hommes et les Dieux y étaient absents.

Un soir, à l'orée du village au carrefour de plusieurs routes, il se jeta dans le bas-côté, effrayé, car une lance était tombée à quelques centimètres de lui. L'homme qui l'avait visé se tenait au seuil du village. Mais pouvait-on le qualifier d'homme ? Non, pas vraiment, plutôt de garçon ou d'adolescent. Difficile de trancher : son visage avait été rendu méconnaissable. De la peinture en des motifs mystérieux le recouvrait. On pouvait le prendre pour un esprit des bois. Il vint à la rencontre du mendiant pour lui demander où il se rendait.

Avec difficulté, ses lèvres ayant peine à former des mots, le mendiant nomma ces lieux. Quand il ne connaissait pas les noms ou qu'il n'y en avait pas, il indiquait seulement la direction, toujours plus loin, le long du fleuve, vers la ville sainte.

En reprenant la hampe de la lance dans ses mains, sans qu'on sache si c'était pour jouer ou tuer, le jeune homme dit : « Écoute-moi bien. Après trois jours de marche, tu arriveras à la grande boucle du fleuve où une eau noire venant du sud croisera ton chemin. Après encore trois jours de voyage, la terre plus claire redeviendra sombre et la jungle aura de nouveau les pieds dans le fleuve. Tu rencontreras alors un village de dix-sept huttes, et au-dessus de la plus grande, trois grands palmiers s'élèveront jusqu'aux étoiles. Et le palmier du milieu aura, à la hauteur de tes yeux, une entaille, une blessure cicatrisée et épaissie. Là, tu te reposeras et tu raconteras aux villageois notre rencontre.»

Soudain le mendiant leva les yeux. Tous les visages étaient tournés vers lui. Pas un seul ne regardait ailleurs. «Ô mes pauvres gens, murmura-t-il bouleversé. Pauvres de vous! Que vous veut ce démon?»

Trois palmiers s'élevaient vers les étoiles derrière le mendiant qui se couvrit le visage de ses mains avant d'inspirer longuement. Il sentait le poids de sa mission, celle de faire le lien entre ce qu'il avait vu et ceux qui étaient désormais devant lui.

«Raconte-nous ce que tu as vu, dit une voix douce, prends ton temps. Si tu as soif, il y a une cruche d'eau derrière toi.

— Merci, dit-il légèrement tremblant, cette eau fraiche vient de la main des Dieux, mais celle que j'ai bue là-bas… ? Donc le jeune chef me regarda un moment en silence comme si je lui rappelais d'autres temps. Puis il m'ordonna de le suivre. Nous arrivâmes sur la place centrale surnommée le "moyeu de la roue". Le village était grand. Avec de nombreux jeunes gens et des troupeaux. Plus tard, je vis des femmes, mais pas à mon arrivée. Je compris, tout de suite, que le jeune homme jouissait d'un grand respect. Ce qui m'étonna au regard de sa jeunesse. On me prépara un repas tel que je n'en avais jamais connu depuis mon enfance. La richesse et l'abondance coulaient devant mes yeux. On m'honorait comme si j'étais le fils d'un roi. Malgré cette profusion, la discipline et les convenances n'étaient pas absentes. Des jeunes femmes apparaissaient, dansaient avec des fleurs dans les cheveux, mais de la soie tricotée cachait leur beauté. C'était une fête de princes, non de décadents. Les compagnons du jeune homme vinrent me trouver pour m'expliquer le chemin que leur chef m'avait déjà expliqué. Ils me demandèrent de tout observer, de tout retenir dans mon esprit pour leur raconter quand je reviendrais. Certains posaient la main sur mon bras, en me suppliant. Leurs mains étaient si jeunes, si fines, presqu'enfantines. »

À ces mots, les villageois fixèrent le bras du mendiant où ces jeunes mains s'étaient posées. Un soupir, un seul, long et lourd, s'éleva dans la nuit muette que mille étoiles éclairaient.

« Mais aucun message ? demanda en chuchotant la mère de Vasudeva.

— Non, aucun… » répondit-il en secouant, navré, la tête.

Celles des villageois retombèrent comme celles des mourants que l'on ne peut plus sauver.

Le mendiant reprit :

« Avant que je ne reparte, d'ailleurs richement doté, le jeune homme me raccompagna jusqu'à l'entrée du village. En levant le bras pour m'indiquer, encore une fois, la route, il me dit, comme dans un rêve : "Des fagots de roseaux brûleront là, dans les poêles en argile, entre dans la maison où une femme te conduira, et reste longtemps assis près du feu. Et quand tu reviendras, dis-moi quelle était l'odeur de la fumée, tu entends ? Souviens-toi bien et répète-toi en chemin ce que tu as vu afin de ne rien oublier." »

Et le mendiant se tut, fatigué de parler, sans doute en avait-il perdu l'habitude. Son visage montrait un air étonné – comment un si petit village pouvait être à l'origine de tant d'attention ? Il n'osa pas le demander. Son regard se porta sur toutes les épaules, sur tous les fronts courbés. Alors une pitié l'envahit pour toutes ces vies silencieuses dans lesquelles il venait de jeter le feu d'une nouvelle aussi douloureuse pour eux qu'indéchiffrable pour lui.

« Brahma aura pitié d'eux, disaient les villageois. Brahma les ramènera au foyer. »

Un silence s'imposa.

Une femme se leva et lui toucha doucement l'épaule. « Viens près du feu » lui dit-elle.

Le mendiant s'accroupit face aux flammes. Ses yeux fixaient la fine fumée blanche qui s'en échappait. Derrière lui, dans l'obscurité, un homme était couché, les bras croisés sur le visage. On aurait dit qu'il était mort. La femme, qui l'avait conduit ici, était assise sur les genoux, le regard plongé sur le feu. Elle lui parut si belle et si triste qu'il eût tant aimé l'aider. Mais il ne savait pas comment et elle ne demandait rien.

Ce n'est qu'au matin, alors qu'il s'apprêtait à partir, qu'elle plongea la main sous sa tunique et en tira une flèche dont la pointe était tachetée de sang. « Donne-lui ça, dit-elle, et dis-lui que c'était sur mon cœur, cette nuit. »

Il prit la flèche sans s'étonner, la cacha sous son vêtement avant de quitter le village.

Lorsque Vasudeva devint un hors-la-loi, sa nouvelle vie le saisit avec frénésie. C'était comme si le monde cédait sous ses pas. Il n'avait qu'à avancer toujours plus loin, par-delà la terre et au-delà d'elle, jusqu'aux pieds de Dieux inconnus devant lesquels les anciennes idoles ne seraient que poussière.

Au début, ses compagnons et lui ne volèrent que du bétail et des armes. Puis l'ivresse du pouvoir troubla leurs sens. Sous leurs yeux scintillaient la soie, les pierres précieuses et parfois les yeux des jeunes femmes. À leur approche, quelques-unes se retournaient dans leur fuite comme pour dire qu'elles auraient préféré rester.

La loi cessa d'être une épée au-dessus d'eux. Ils devinrent la Loi même. Le sang versé n'était plus à craindre.

Ils épargnaient leurs victimes, mais ne rechignaient pas à la cruauté. Vasudeva comprit très vite que celui qui détient le pouvoir est au-delà du bien et du mal.

Dans tout le pays, il fut accueilli à bras ouverts. Il chassa beaucoup d'hommes qui n'étaient venus à lui que pour voler. Voler, piller, chasser étaient un moyen, non le but. Ce qu'il voulait, c'était « laver la honte. »

Or, par les conquêtes et la force des choses, il se retrouva avec une communauté sur les bras. Au regard de ce qu'il possédait, les cavaliers qui lui avaient inspiré cette rage passeraient pour des mendiants ou pour les plus méprisés des servants.

De temps à autre, il invitait une jeune femme dans sa hutte et vivait avec elle. Mais toujours il la renvoyait, un goût amer sur ses lèvres elles aussi amères. Le plaisir l'abaissait vers la terre ; l'épée le tirait vers les étoiles.

Parfois, sans raison, il quittait le village. Il partait vers les lourdes forêts pour s'y laisser engloutir. La peur lui était inconnue. Et il revenait au village avec le scalp de ses ennemis qui se terraient dans la forêt. Mais ce n'était pas pour tuer qu'il s'aventurait au loin. À son retour, il portait aussi dans sa main une fleur ou un fruit inconnu. Il se taisait alors de nombreux jours durant. Et, comme lorsqu'il était enfant, il devenait irascible si on le dérangeait. Ce qui arrivait, d'ailleurs, de moins en moins, car une rumeur courut dans le village. S'il partait, c'était pour aller vers les montagnes, qui sont – comme on le sait – le tabouret des Dieux. Sur les cimes, il devait donc s'entretenir avec eux. La preuve en était cette lueur sombre qui étincelait dans son regard lorsqu'il revenait de son périple.

Quelques fois, il se dépouillait de ses habits précieux et de ses armes, ne portant que le pagne reçu dans son enfance. Il emportait le vieil arc, un paquet de flèches, renvoyait les bergers pour garder, seul, le troupeau. À l'abri des regards, il s'asseyait sur l'une des collines ombragées au-dessus des pâturages, une flûte de roseau aux lèvres, et jouait comme il avait joué sur les rives du fleuve. C'était comme si le vent passait sur un mur de roseaux et fendait la fumée qui sortait paresseusement des huttes abandonnées.

Alors il plongeait son regard vers l'Ouest, là où la jungle se muait en un tapis bleuté et d'où provenait un vent, doux et parfumé, digne émanation d'un jardin enchanté qui n'existerait jamais. Il le savait. Tout comme il savait quand il riait et semblait joyeux qu'il mentait. Il se mentait peut-être pour ne pas pleurer. Il était le seul parmi tous les sans-peurs à reconnaître qu'il s'était trompé. Cela ne lui était pas dicté par ses pensées, mais par les battements irréguliers de son cœur. Au début, l'angoisse le quittait si le matin était clair ou la nuit profonde, puis elle s'installa sans le quitter. Et de jour en jour, le fardeau s'alourdissait dans son sang. Il sentait que les Dieux le destinaient à autre chose, mais il n'arrivait pas à trouver la voie où il devait orienter ses pas.

Pourtant, un jour, sur la rive élevée du fleuve, il tomba sur la grotte d'un Saint. Parce qu'il était bon de ne rien faire et de ne plus ordonner, il décida de rester avec lui. De nombreux jours durant, il le servit et l'assista. Le Saint ou le mendiant ne parlait pas, trop occupé à écouter le bruit de l'eau sous ses pieds nus. Le vieil homme ne donnait ouvertement aucune réponse à ses questions. Parce qu'il vivait dans un monde où un autre langage était parlé. Seuls ses yeux doux, tournés vers l'intérieur, suivaient, avec sagesse et indulgence, les mouvements agités du jeune étranger. C'était le regard d'un père qui suit les progrès de son fils, mais le laisse grandir de lui-même.

Le lendemain, Vasudeva reprit son arc et son bâton. Autant rentrer chez, lui car aucun signe n'était venu lui montrer le chemin. Alors qu'il faisait ses adieux au Saint muré dans son mutisme, ce dernier posa sa vieille main sur le bras du jeune homme agité. Sa lourde voix dit : « Celui qui porte dans ses mains le pouvoir et la richesse trébuche. Et, dans sa chute, il fait verser le sang. Il ploie sous un poids, ses genoux chancèlent, car il porte ce qui importe : la vie.

— Et qui marche sans entraves, l'Ancien ?

— Celui qui abandonne tout, les désirs, les envies, les aspirations, la vie justement. Car rien d'autre que cela n'est la vie. »

Longuement Vasudeva se tut. Il réfléchissait à ces paroles, les yeux scrutant la main froide du vieillard qui restait sur son bras. Brusquement il secoua la tête.

« Peut-être, l'Ancien, dit-il avec rage, quand j'aurai ton âge et que mon sang sera refroidi, penserai-je comme toi. Mais ce n'est pas moi qui me suis donné la vie alors il n'y a pas de raison que ce soit moi qui la rende. Les Dieux n'en voudraient pas. Ils ont d'autres plans pour moi. Mais je ne les comprends pas.

— Tout est illusion, conclut le Saint, le visage impassible. Même les tourments. »

Il laissa glisser sa main fraîche du bras de Vasudeva. Le jeune homme se retrouva à nouveau enfermé en lui-même, agité, étranger à lui-même, hors du langage.

Cet été-là, Vasudeva pensa beaucoup à sa mère, et il lui sembla que ses pieds n'étaient destinés qu'à retourner vers elle. Mais il sentait que ce n'était qu'une « illusion ». Il devait y avoir une autre vie avec sa mère que celle qu'elle menait dans ce village et dans ce foyer.

Une vie intérieure, au-delà du village, au-delà du foyer, une vie qui ne renvoyait qu'à elle-même. Comment l'atteindre ? Il n'en savait rien. Ce qu'il désirait était de sentir la main de sa mère dans ses cheveux, d'être, comme avant, allongé sur ses genoux.

Alors que les premiers nuages de la mousson commençaient déjà à assombrir le ciel bleu, le mendiant revint de son pèlerinage. Il se rendit tout droit à la hutte de Vasudeva, laissa tomber le rideau derrière lui, s'inclina avant de retirer la flèche de son vêtement.

« Ceci, mon Seigneur, dit-il, est ce que t'envoie une femme du village aux trois palmiers. Elle te fait dire que la flèche a passé des nuits sur son cœur. »

Vasudeva tendit ses mains. Mais elles tremblaient tellement qu'il n'arrivait pas à se saisir de l'offrande. Ce qu'il voulait dire ne sortait pas. À grande peine, il réussit à se maîtriser, prit la flèche et la porta à ses lèvres. Longtemps il resta ainsi. Ses yeux étaient fermés, oubliant même la présence de l'étranger. D'un bond, il souleva le rideau pour s'assurer qu'il n'y avait personne autour de la hutte. Sur le seuil, la flèche dans la main, il fit un pas en arrière. Avant de murmurer « raconte-moi », il porta l'objet contre son cœur.

Après avoir entendu tout ce qui était resté gravé dans la mémoire du mendiant, il resta silencieux. Sa tête reposait contre le bois de la hutte. Soudain, sa bouche s'ouvrit :

« As-tu, toi aussi, abandonné ta mère ? »

La tête du mendiant remuait de droite à gauche.

« Nous étions trop nombreux, répondit-il, elle m'a chassé. C'était une femme tourmentée.

— Et ton cœur s'en est trouvé soulagé ? »

Le mendiant lui jeta un regard en biais.

« Si j'étais intelligent, dit-il, je répondrais ce que tu attends. Mais je ne veux pas perdre de temps à te tromper. Oui, j'étais soulagé. J'étais heureux de l'oublier. Mais il y a des choses que le cœur n'oublie pas.

— Que veux-tu dire ? » demanda Vasudeva en approchant un visage mauvais de celui abattu du mendiant. « Peu importe ! Allez, file, les autres t'attendent. Tu seras notre hôte trois jours et trois nuits. Mais pas un mot sur notre échange. »

Vasudeva se cramponnait à la flèche posée sur son torse.

Durant ces trois jours et ces trois nuits, le mendiant ne le vit plus. Avant de partir, il osa demander de ses nouvelles. On l'expédia en lui disant que Vasudeva était probablement retourné voir les Dieux.

Un matin, à la fin de la saison des pluies, alors que Vasudeva revenait de la grotte où il avait rencontré le mendiant et où il passait maintenant une nuit de temps en temps pour être seul, il vit, à la lisière de la jungle, des branches bouger parmi les arbres, comme si une nuée d'oiseaux silencieux s'en était détachée.

D'abord, il ne pensa pas à un quelconque danger, mais son intuition lui disait de se méfier. Après s'être faufilé vers les arbres en question, il lui sembla que de fines branches remuaient au loin. Qu'une succession de feuilles oscillaient comme portée par le vent. Mais il n'y avait pas de vent. À quelques pas de là, il aperçut le fil d'un vêtement accroché à un arbuste, à hauteur de reins. Le tissu était brun et grossier, aucun de ses comparses n'en portait d'aussi basse qualité.

Au centre du village, il rassembla les hommes et les femmes. Non, personne n'avait quitté la clairière. Il détourna le regard de leurs yeux inquiets, tordit le fil du vêtement suspect avant de le laisser glisser à terre.

« Nous allons nous battre ! les tança-t-il. Affûtez vos armes et murez votre cœur ! »

Ses hommes fabriquèrent une enceinte, y postèrent des gardes. Ils rêvaient tous d'une fête fracassante qui viendrait saluer une victoire qui le serait tout autant. Cette vie trop sage, bonne pour un berger, ils ne la supportaient plus. Du sang, des combats, des cris étaient ce dont ils avaient besoin. Le destin leur offrait ce que leurs instincts réclamaient.

Concentré, aux aguets, Vasudeva inspectait chaque poste. L'intuition, qu'il gardait pour lui, était que ses ennemis seraient en nombre. Il ne s'agirait pas seulement de quelques cavaliers appelés à l'aide par les spoliés, mais d'une coalition pour le détrôner.

Pourtant cette bataille à venir ne l'excitait pas comme avant. Son territoire, ses adversaires, à la fin des fins, qu'est-ce que ça changerait ? Il se sentait en dehors du jeu comme un spectateur qui regarderait sans comprendre une activité étrangère. Il savait pourtant qu'il se battrait comme toujours et qu'il remporterait probablement la victoire comme toujours. Après tout, quelle différence ? Son cœur serait-il plus léger ? Est-ce que ses yeux se porteraient-ils sur le butin ou sur les morts ?

Les questions en lui défilaient sans s'arrêter. Son corps se raidit.

Sur les morts, oui. Sur les morts, peut-être. Encore une sensation indéchiffrable. Pour la première fois, il réalisa qu'il lui serait difficile de regarder les morts. Tous ces inconnus qui seraient venus à lui seulement pour mourir. Comme si, ça, c'était son but, l'unique raison d'être de son être, comme si lui-même était la mort.

Ces pensées l'étonnaient, il se demandait pourquoi elles l'assaillaient. Peut-être était-ce l'influence de la flèche qui, désormais, reposait sur sa poitrine? Il posa la main sur son vêtement, y sentit, dans une poche intérieure cousue, la pointe de la flèche. Peut-être que ça remontait au temps où son cœur avait commencé à se vider...

Des cauchemars envahirent ses nuits précédant l'attaque. En rêve, il vit sa mère. Elle était debout ou marchait à ses côtés, mais jamais elle ne le regardait. Lui courait, essoufflé et désespéré, pour qu'elle le voie. Or, les yeux de sa mère étaient clos. De longs cils recouvraient ses paupières comme chez les morts. Puis la silhouette, lentement, se retournait vers lui et par peur de voir son regard vide, il se réveillait en hurlant.

Pour oublier ses crises, il redoubla d'activité dans les préparatifs de défense. Il travaillait comme dix, répétant, à qui l'écoutait, qu'ils devaient être prêts.

L'assaut les frappa tout de même par surprise.

Le soleil n'était pas encore au-dessus des cimes. Une lueur rouge bordait la canopée. Autour des gardes flottait un épais brouillard dans lequel distances et contours se confondaient.

La première flèche atteignit sa cible, la gorge d'un garde s'ouvrit en deux. Il fallut seulement quelques battements de cils pour qu'un compagnon lance son cri d'alerte. Les flèches sifflèrent sur eux. Le sang de l'homme tué ne s'était pas encore répandu sur le sol que les dormeurs bondirent hors de leur hutte. Ils criaient de joie, tellement heureux d'en découdre. Chacun rejoignit son poste avec l'ardeur du soleil brûlant qui se levait au-dessus de la jungle.

Pâle et grave, Vasudeva se tenait sur le pas de sa hutte. Son instinct lui soufflait que, bien que ses hommes soient nombreux, les ennemis étaient de ceux qui se jettent aveuglément dans une tempête pour sauver tout ce qui peut l'être. Une angoisse passa sur son cœur sur lequel il porta la main.

Sans trembler, il dicta ses ordres. Il les intimait avec rapidité et clarté. Son plan était, comme toujours, brillant. Il attendit le reste de ses troupes, s'assura qu'elles avaient bien intégré la marche à suivre et se lança dans la bataille avec son corps d'élite.

Ils se battaient uniquement à l'épée. Avec la puissance d'un tourbillon, ils ouvraient, sous les hurlements, une large tranchée à travers la foule confuse et encombrée du champ de bataille. Mais au milieu de leur furie, l'attitude de leur chef les déconcerta au point de les mettre en danger.

Figé sur place, incapable d'avancer, Vasudeva fixait le premier homme qu'il venait de tuer. Ses yeux étaient remplis de chagrin, son âme semblait loin. Ses hommes durent le protéger pour qu'il ne se fasse pas tuer. Leurs épées formèrent un bouclier au-dessus de sa tête.

« Seigneur, le supplia son plus proche voisin, Vasudeva, reprends-toi ! Tu vas nous faire tuer ! »

D'un coup, il reprit ses esprits. La vue du sang, de la fumée et de la poussière lui rappela en un éclair où il était. « Ce soir, je cesserai de répandre le sang », murmura-t-il à ses hommes qui ne le comprirent pas, avant de se jeter en vociférant dans la bataille. Ses compagnons et lui repoussèrent l'ennemi dans la forêt.

Le combat se prolongea jusqu'à ce que le soleil retombe sur le champ de bataille.

Les assaillants se replièrent dans l'obscurité. Des heures durant, ils surgirent toujours d'endroits inattendus. Il semblait évident qu'ils voulaient soit périr, soit remporter la victoire. Comme Vasudeva la leur refusa, ils moururent. De ses mains, il massacra la dernière troupe. Avec l'aide de ses hommes, il les prit en embuscade. L'ennemi dériva vers eux comme des poissons dans un filet. Personne n'en réchappa.

Lorsque ses hommes et lui rentrèrent au village, les poutres des huttes du village brûlaient encore. Une fumée blanche se répandait paresseusement dans l'air du soir sur le site calciné. Les dernières lueurs du soleil les teintaient de rouge sombre comme si une lave ensanglantée s'écoulait dans les rues. Déjà les femmes grattaient les cendres crépitantes avec des bâtons pour les éteindre. Elles se lamentaient, en de tristes mélopées, sur leurs morts. Au-dessus des cimes stagnait une bande vermeille incandescente. La lune brillait d'un vert pâle. Les ombres passaient rapidement sur l'herbe piétinée et sanglante. La nuit allait bientôt tout recouvrir et par là tout effacer.

Vasudeva se tenait seul à l'orée de la forêt.

Une assemblée de singes, dont les cris avaient rythmé tout le chaos des combats, était perchée dans les arbres au-dessus de lui. Les singes s'étaient désormais tus et cherchaient un coin pour dormir. Quand Vasudeva leva la tête, il vit tous ces yeux tristes tournés vers lui. Les singes et l'homme échangèrent des regards au chagrin abyssal.

En s'appuyant sur son épée pour ne pas tomber de fatigue, Vasudeva contempla, tour à tour, les lances de l'ennemi qui finissaient de brûler, les silhouettes des hommes rentrant au village s'obscurcir et les premières étoiles se dessiner. Il entendit des chants de lamentation et de victoire tandis que les longues frondes des palmiers tremblèrent une dernière fois avant de replonger dans leur torpeur silencieuse.

La lune était déjà au-dessus des plus hautes cimes. Il voyait tout ça comme un jeu d'ombres chinoises sur une toile à peine éclairée.

C'était donc ça, la victoire.

Vasudeva s'avança sur la clairière en direction de la grotte du Saint. Il progressait lentement parce qu'il ne voulait pas marcher sur les morts. Autour de lui gisaient les corps repliés ou étendus aux visages grisâtres, les yeux parfois grands ouverts dans lesquels se reflétaient les éclats argentés du clair de lune.

Pour calmer ses angoisses, il s'assit. Son dos reposait contre un énorme tronc, l'épée sans âme posée sur ses genoux, ses pensées voltigeaient au-dessus de lui. Sans raison, elles se turent. Survint alors un rire de jeune fille entrecoupé des bruits de ce plaisir offert aux vainqueurs. Le tout baignait dans une irréalité fantomatique.

La mort qui était partout perdit de sa substance.

Et enfin le silence s'imposa.

Plus un souffle de vent ne passa sur la nuit.

Les rayons lumineux descendaient tandis que la lune montait. Ils se faisaient de plus en plus ardents dans la clairière. Quant à la lune, s'élèverait-elle vers les profondeurs infinies ou offrirait-elle une dernière lueur à chaque mort ? Est-ce que tous ces corps qui s'étendaient dans l'herbe seraient réchauffés par sa lumière blanche ?

Et comme s'il était un cadavre, Vasudeva, assis, ne bougea plus. Pour ne plus penser. Parce qu'il ne faisait que souffrir. Une douleur sourde, innommable, le persécutait. Il avait l'impression que la terre s'ouvrait sous lui pour l'engloutir. Que des couches de douleur l'avalaient vivant. Et même si sa souffrance l'enterrait jusqu'à lui faire atteindre le centre de la Terre, il savait qu'elle ne cesserait jamais.

La lune était à son firmament quand une forme se dessina à l'autre bout de la clairière. Il n'en avait cure. Sans doute des animaux. Pourtant sa tête lasse se tourna vers elle. Mais il était trop éloigné pour la distinguer nettement. Courbée, bougeant doucement, la forme s'enveloppa d'un châle au moment où son corps pénétra sous les rayons de la lune.

La silhouette avançait sans regarder autour d'elle. On aurait dit que les clairières bleutées où reposaient les cadavres lui étaient familières. Elle semblait glisser de corps en corps, de visage en visage, pour graver leurs noms sur une table invisible. Était-ce le fantôme de cette histoire cruelle et sanglante dans ce pays qui l'était tout autant ? Sa tâche était-elle, sans étonnement ni effroi, de noter ce qui s'était passé avant que la nature, en reprenant ses droits, n'enterre les faits ?

Aucune ombre sous la lune haute n'accompagnait ses gestes. Ses pas n'émettaient pas le moindre son. Les yeux mi-clos de Vasudeva avaient l'impression que la lumière traversait le châle avec lequel elle se couvrait.

L'arrière de son crâne reposait contre l'écorce de l'arbre, il était si fatigué qu'il n'arrivait pas à savoir si la forme était un être, un esprit, une illusion, un démon.

Comme une barque glissant sur des eaux noires, tanguait la silhouette qui s'approchait de plus en plus de lui. Il vit alors qu'elle tenait une bouteille en bois : ce récipient en forme de citrouille qu'on utilise au pays pour recueillir et verser l'eau sacrée. Auprès de chaque mort, elle s'agenouillait, leur humectait le front et les yeux pour qu'ils aient accès à l'Éternel.

Ne sachant pas s'il rêvait ou non, Vasudeva, dans un état de semi-conscience, murmurait à haute-voix : «Tout ça pour les morts… Et moi, le grand vainqueur de ce combat, personne ne vint m'abreuver… pourtant mes lèvres sont brûlantes… Qu'elle vienne vers moi. Qu'elle porte la bouteille à mes lèvres… mais elle ne sait pas que je suis vivant… Pourtant la mort est partout et viendra pour moi… Je suis assis, comme les Dieux sont assis. Eux, ils sourient. Et moi ?»

Un sourire triste se dessina sur son visage livide. Son corps se pencha en arrière. L'air entra dans ses poumons, et ce courant frais glaça son cœur. S'ensuivit un long soupir qui lui fit sentir la pointe de la flèche contre sa poitrine. Cette sensation le foudroya.

Désormais pleinement alerte et éveillé, il tourna sa tête de tous les côtés. Le paysage ne s'était pas métamorphosé. Identiques étaient la lumière, les ombres, la lune et la silhouette qui passait toujours d'un mort à l'autre. Elle humidifiait les fronts burinés, se redressait avant de s'incliner à nouveau sur un autre corps sans vie.

Vasudeva posa sa main gauche sur son cœur. En sentant la flèche, il trembla comme si la pointe s'enfonçait dans sa poitrine. Ses tremblements atteignaient l'épée qui remuait sur ses genoux. Un mince rayon de lune fit étinceler la lame. Ses lèvres essayaient de dire ce mot que le Saint de la colline avait répété, sans y arriver. La peur le dominait.

Il demeurait assis, les yeux grands ouverts, sans bouger.

Bien qu'elle ait quitté son zénith, la lune projetait un halo blanchâtre autour de Vasudeva. La lame de son épée brilla. Ses scintillements formèrent une sphère aveuglante qui l'isolait du reste du monde.

La silhouette venait d'humidifier le front des derniers cadavres. Elle se redressa et perçut, à l'autre extrémité de la clairière, les étranges lueurs, en feu follet, que reflétait la lame. Alors Vasudeva vit son visage. « Mère », murmura-t-il d'une voix d'outre-tombe. Il lui sembla qu'à ces mots, elle tourna la tête vers lui. En effet, son pied levé hésita un instant sur la direction à prendre, mais elle lui tourna le dos et retourna à sa tâche.

« Mère ! » cria Vasudeva.

L'appel se perdit dans le flot des arbres qui l'entouraient. Sa mère se dirigeait au-delà de la clairière, loin des nombreux morts entassés. La voix de Vasudeva, triste comme celle d'un oiseau de nuit, résonnait dans le vide. Sépulcraux étaient ses cris qui planaient entre les rayons de la lune et les branches. Ses appels sonnaient comme une plainte pour les morts. S'ils ne cessaient pas, la terre se crisperait de douleur et plus aucun matin ne se lèverait.

Refusant de perdre de vue sa mère, Vasudeva se leva. Ses jambes ne le portaient plus. Il devait s'appuyer sur son épée pour ne pas s'effondrer. Bien qu'il tournât de l'œil à chaque pas, il réussit toutefois à atteindre sa mère. Intimidé, il restait dans son dos.

Elle était en train de se pencher vers le sol, ne voulant délaisser la moindre des créatures mortes.

Ses mouvements étaient aussi silencieux que si elle dispersait sur la terre de très fines graines. Vasudeva craignait que la bouteille soit vide quand son tour viendrait.

« Mère, dit-il tout bas, n'abreuveras-tu pas ton fils ? »

Aucune réaction. La bouteille, elle l'avait posée dans la main d'un garçon plongé dans ce long sommeil muet. Avec ses deux bras, elle souleva délicatement deux morts dont les fronts se touchaient. Elle récupéra le récipient, imbiba leurs fronts avant de se redresser. Un voile ombrageux passa sur son regard qu'elle jetait autour d'elle sans l'arrêter sur lui. Puis elle fit :

« Est-ce qu'il y en a d'autres ?... Je pensais que ce serait le dernier... »

C'étaient moins des reproches qui couvaient dans sa voix qu'une longue fatigue comme épuisée par la lourde tâche qu'elle s'obligeait à mener à bien.

« Mère, répéta Vasudeva, ne vas-tu pas faire boire ton enfant ?

— Y en a-t-il d'autres ? Si jamais j'en oublie un...

— Non, c'était le dernier. » répondit-il.

Alors, pour la première fois, elle tourna son visage vers lui. La lumière de la lune brillait tant dans ses grands yeux noirs qu'ils en devenaient aveuglants. Il fut tenté de se couvrir les yeux, à la place, Vasudeva baissa le regard. Elle lui dit :

« Je ne fais boire que ceux qui viennent de mourir et non ceux qui sont, depuis longtemps, morts. »

Ses mots tranchants le firent chanceler. La lame lui échappa. Elle s'enfonça dans le sol tandis qu'il tombait à genoux. Le visage dans les mains. Ses cheveux frôlaient le châle de sa mère. En une fraction de seconde durant sa chute, sa mère avait entraperçu la pointe de la flèche dont le métal avait scintillé dans un éclat mat.

Sans un mot, elle le releva et l'accompagna jusqu'à un arbre. Elle l'avait guidé comme durant l'enfance, quand elle l'aidait à franchir le seuil de la hutte.

Assise dos au tronc d'arbre, elle accueillit son visage sur ses genoux. Elle lui caressa les cheveux d'où pointait la rosée avant que le champ ne s'éclaire et que les ombres des morts ne disparaissent.

« Tu as lavé la honte, dit-elle, maintenant tu dois commencer à laver le sang. Et cela prendra plus de temps... »

La main de Vasudeva serra fort la sienne. Son autre main, elle s'en servit pour lui fermer les yeux.

Ainsi restèrent-ils un moment. Devenues pâles, les étoiles s'éloignaient, accompagnant la disparition de la lune. Dans le ciel de l'Orient naquit une lueur blanche portée par de minces brumes rougeâtres. Au-dessus des ruines du village et du champ de bataille flottait une fine fumée en volutes. Les morts n'entendaient pas les cris d'un oiseau dans les profondeurs de la jungle. La main de sa mère reçut les larmes chaudes de Vasudeva. Elle voulut la retirer avant de se raviser. Les larmes roulaient le long de ses doigts, de phalange en phalange avant d'être absorbées par la terre. Le calme était tel qu'on pouvait entendre le sable chaud dans le vent qui rasait les herbes.

Lorsque la ligne des cimes commença à s'embraser, elle retira sa main. Sans un mot, ils se levèrent. Elle passa son bras droit autour de ses épaules. Ensemble, ils descendirent la colline. L'herbe était humide. Derrière eux, ils laissaient un chemin sombre bientôt recouvert par les branches.

Lorsqu'ils disparurent, le soleil passa sur la clairière. Son empreinte brûlante se posa aussi bien sur l'arbre solitaire de la plaine que sur la jungle tout entière.

II

Vasudeva resta un an auprès de sa mère dans le village qui l'avait vu grandir.

Depuis longtemps déjà, les cendres de son père avaient été emportées par le fleuve ou bien chassées par le vent parmi les bourgeons des fleurs.

Certains ne reconnaissaient plus l'enfant qu'ils avaient tenu sur leurs genoux et d'autres, même, le craignaient. Ils n'arrivaient pas à comprendre comment il en était arrivé là.

Avait-il été un tyran, avait-il été un Saint ? Seule sa mère savait désormais qui il était : un homme qui se cherchait. Un homme qui avait souffert, avait fait souffrir, souffrait et qui risquait de continuer à souffrir.

Parfois, il racontait vouloir rejoindre le Saint dans la grotte pour devenir comme lui. Sa mère répondait qu'il avait encore beaucoup à apprendre avant de pouvoir s'asseoir. Elle ajouta : « Est-ce ton âme ou ton corps qui est affamé ? ». Il réalisa qu'il fallait qu'il parte à la recherche de quelqu'un qui l'aiderait à répondre, quelqu'un qui lui apprendrait ce que l'on tenait des hommes et ce qui relevait des Dieux. Sa mère approuva son projet. Alors, après la saison des pluies, il partirait, s'accordèrent-ils.

Lorsque ce jour arriva, elle lui dit seulement : « Quand tu comprendras que tout est illusion, alors reviens. »

Pendant les trois années qui suivirent, Vasudeva trouva refuge chez un Saint qui vivait au bord d'une grande cité. Grâce à lui, il apprit par cœur les chants sacrés, les prières, les sortilèges, les maladies, les remèdes, l'histoire des puissants et celle des humbles. Il comprit que l'on pouvait, sans crainte, s'asseoir au pied d'un arbre, les yeux baissés ou tournés vers le néant. Que la douleur et la nostalgie s'égouttent lentement du cœur. Que la connaissance de soi se dissipe comme la brume matinale au soleil. Que l'existence, semblable à une plante, respire, survit aux éclairs, à la pluie, aux dunes tandis qu'à l'intérieur, caché par les fleurs, germe et se conserve aussi bien le fruit que la fleur.

Quand il sut cela, il fit ses adieux au Saint. La route l'appelait. Il savait bien que peu de choses étaient à attendre de l'extérieur, qu'il ne fallait plus prendre, mais, enfin, donner. Trente ans durant, il n'avait fait qu'user sa vie ; les trente ans qui lui restaient peut-être à vivre pouvaient être offerts aux autres. À l'horizon, une fin qui ne lui apparaîtrait pas comme une victoire, mais comme une balance en équilibre. C'était le juste combat à mener.

Il rentra au village et s'appliqua à consoler les âmes. Dans la pauvreté, la sécheresse, la maladie, il se tenait, inébranlable, tel un puits qui ne tarissait pas. Sa présence rappelait les promesses des temps immémoriaux. Dès qu'il posait la main quelque part, tout semblait se transformer. Sous l'éphémère apparaissait l'immuable. Grâce à lui, les Dieux silencieux vivaient près des huttes. Ils n'apportaient ni richesse ni vie éternelle. Non. C'était plus grand et inébranlable. C'était leur souffle tranquille qui planait entre les palmiers et sous la protection duquel les enfants pouvaient jouer en toute sécurité.

Un jour toutefois, il prit son bâton, la cruche d'eau et se mit en route. Il demeura dans les villages à l'Est, auxquels il devait tant. Ce qu'il avait détruit avait été reconstruit. Des enfants étaient nés. Les brigands ne menaçaient plus personne.

Comme il était méconnaissable, il demanda aux habitants de l'Est s'il savait ce qui était arrivé à celui qui avait causé tant de mal. Tous hochèrent la tête et dirent : « Après le grand combat, un profond silence advint comme après une averse. On a dit que la mort l'avait emporté. Deux de ses complices partirent à sa recherche, mais ne trouvèrent que des traces de sang dans la jungle.

— Est-ce que vous lui en voulez encore ? » les coupa-t-il.

Ils balayèrent la question d'un revers de main. « S'il y a payé de sa vie, comment lui en vouloir ? » convinrent-ils unanimes. Pêle-mêle, ils ajoutèrent que, peut-être un jour, il reviendrait sous la forme d'un tigre, peut-être sous celle du fou sanglant des fleuves. Et qu'à bien y réfléchir, il avait péri par ce qu'il avait conquis. Les Dieux, seuls, savaient ce qui l'avait tant tourmenté. Un jour, peut-être, ils nous le dévoileraient. Il suffisait de patienter.

« Oui, dit Vasudeva, il suffit d'attendre. Mais les Dieux ont plus de temps que nous… beaucoup plus de temps… »

Puis il proposa son aide et partit travailler dans leurs rizières.

Malgré sa sérénité nouvelle, une angoisse l'oppressait. Il était comme un débiteur qui voit la montagne de ses dettes à peine diminuer. Il pressentait qu'il était loin d'avoir lavé le sang.

***

L'été suivant, alors qu'il était de nouveau assis devant la cabane de ses parents, entouré d'enfants à qui il expliquait comment on guérissait la morsure de serpent, il entendit au loin ce léger grondement qui avait alors marqué la fin de son enfance et le début de ses errements. Il interrompit son récit. Tendit l'oreille. Observa les visages anxieux qui se regroupaient devant les habitations. Puis surgirent deux cavaliers, vêtus et équipés avec noblesse. Vasudeva crut les reconnaître. Il manquait seulement le brigand qui avait osé brandir le fouet sur l'Ancien. Le village n'était pas leur but. Ils jetèrent un regard hautain sur la pauvreté des huttes avant de s'éloigner vers l'extrémité de la place où les chemins se rétrécissaient. Parvenus à la sortie du village, ils tombèrent sur un vieil homme, le père de l'enfant blessé par sa flèche.

Le villageois peinait avec l'un de ses petits buffles avec lesquels il allait chercher des fruits dans les champs ou des roseaux dans le fleuve. Le buffle portait sa lourde charge sur le dos comme toujours ; en revanche, il n'avançait plus. L'odeur étrangère des chevaux ou la lueur des armes étincelantes des brigands l'avaient peut-être troublé. Obstinément il refusait de poursuivre son chemin. Après l'avoir mainte fois encouragé, rassuré, supplié, le vieil homme, effrayé et confus, essaya de le faire avancer en le piquant de son bâton à pointe. Sans effet. Le buffle restait en travers de la route de sorte que les cavaliers durent s'arrêter. Ils ordonnèrent, en des paroles acerbes, qu'on leur libère le chemin.

D'un pas rapide, Vasudeva s'approcha de l'animal pétrifié. Il le saisit par les cornes. Les femmes et les enfants pressèrent de toute leur force le récalcitrant. Or, le buffle se cabra et la charge glissa de son dos, barrant maintenant complètement le chemin.

Sans animosité, Vasudeva alla à la rencontre des étrangers. Il leur demanda poliment s'ils pouvaient retourner vers le centre du village pour que le buffle n'ait plus peur. Les villageois pourraient ainsi l'écarter du chemin et ramasser ce qui était tombé afin de leur libérer la voie.

À peine eut-il fini de parler que la colère se lisait déjà dans les yeux des cavaliers. Celui qui était en tête lui demanda s'il pensait qu'un chef de l'armée du gouverneur devait retarder son trajet à cause d'un pauvre buffle de miséreux. Sans se départir de son calme, Vasudeva rétorqua que l'animal ne savait pas qui il gênait et que les villageois et lui voulaient au contraire ne pas leur faire perdre plus de temps.

Le cavalier s'inclina sur sa selle pour plonger son regard dans celui de Vasudeva et il dit : « Si, l'animal va savoir à qui il a affaire. »

Il fit un signe à son compagnon dont le cheval s'élança d'un bond. Et avant que le moindre cri ne soit poussé, la lance du brigand était déjà sortie du flanc en sang de l'animal. Le buffle expira à ses pieds.

« Maintenant, fit-il en riant, vous saurez tous qui vous avez gêné. »

Son comparse piétina le cadavre de l'animal.

Le lendemain matin, Vasudeva prit congé de sa mère, de son village et partit vers la ville royale pour demander justice sur les marches du trône. Il reviendrait avec un buffle blanc aux cornes dorées, avait-il promis dans un sourire triste à la pauvre victime. À son cou pendrait une plaque d'or sur laquelle il serait écrit que la justice est un devoir des Dieux et des rois aux pauvres.

Perdu dans ses réflexions et dans la contemplation, il progressait lentement. Peu à peu, le paysage lui devenait inconnu. Parfois il s'arrêtait au bord des champs, parlait avec les paysans en leur demandant s'il serait difficile d'arriver jusqu'au trône du seigneur. Et quand il racontait les raisons de son périple, nombreux étaient ceux qui secouaient la tête avec tristesse. Appuyé sur un bâton, un vieillard l'invita ouvertement à faire demi-tour.

« Seuls les enfants courent en rond toute une journée sans réfléchir, mais toi, l'étranger, tu as déjà quitté ce temps béni. J'ai vécu huit dizaines de saisons des pluies sans jamais voir, ô non jamais, un pauvre gagner contre un riche. Pas plus que je n'ai vu le fleuve sacré remonter sa source. »

Ce à quoi Vasudeva répondit qu'il y avait une première fois à toute chose et que les Dieux avaient mis quelque chose dans le cœur des hommes : « le désir de justice ».

Le vieillard fit claquer sa lèvre en disant que la tombe arrivait toujours avant la justice mais qu'il aimerait bien voir l'étranger revenir pour démentir ce que ses vieux yeux avaient trop vu.

Vasudeva le quitta mais se retourna une dernière fois pour lui dire : « Chercher est peut-être aussi important que trouver. » Et qu'il allait faire en sorte de réussir les deux.

Puis il traça sa route. Son cœur n'était plus aussi vaillant. Parfois il s'asseyait un moment sur les ruines d'un mur. La campagne fleurie lui souriait. Il serait volontiers resté ainsi, en esprit détaché du monde. Là, à méditer tandis que les soucis des hommes ne seraient plus liés aux siens, que le soleil se lèverait et se coucherait promenant l'ombre des branches sur son front.

À la fin d'un tour de lune, il atteignit la grande route somptueusement pavée qui reliait les capitales du royaume. Sa solitude prit fin. Marcheurs, troupes, caravanes, chars à buffles, cavaliers l'empruntaient. Le tumulte de la société passait sur les pierres rougeâtres. Ne connaissant personne, Vasudeva se laissait porter comme une goutte d'eau inconnue est avalée par le fleuve. Effrayé, fasciné par le vaste monde ; au cœur, le souvenir des palmiers de son village et, bien sûr, le regard dévasté de l'homme pour qui il allait demander justice sur les marches du trône.

Cela faisait moins d'une heure qu'il marchait sur le sentier en brique pilée et ses pieds nus commençaient déjà à lui faire mal. Au loin, il aperçut une imposante maison de pierres au bord de la route. Le cortège des voyageurs s'y pressait engendrant un goulot d'étranglement. Après s'en être approché, il distingua des armes déposées devant le seuil de la maison que des guerriers gardaient. Le soleil réfléchissait contre leurs lances. Il vit que ceux qui s'y étaient arrêtés désormais se prosternaient, face contre terre, le front dans la poussière. Puis ils reprenaient leur chemin. Il se dit qu'une chose sacrée devait s'y trouver.

Tout en marchant, il nettoyait son vêtement et récitait les prières que le Saint lui avait apprises. Alors que seulement quelques mètres le séparaient de la maison, quelque chose d'inconnu frappa sa vue. Sur une colonne de pierre claire trônait la sculpture en or pur d'un visage humain. La face contemplait les prieurs agenouillés qui, à en juger par leurs traits, n'appartenaient pas à son peuple.

Ses propres prières s'éteignirent sur ses lèvres. À pas de loup, il s'approcha des agenouillés. Et il demanda à l'un d'entre eux, qu'il avait déjà croisé sur la route, quelle était cette image, et pourquoi tous étaient couchés devant elle dans la poussière.

À ces mots, l'homme leva sur lui des yeux effrayés comme si un spectre lui avait parlé. Tout bas, il bafouilla qu'il s'agissait de l'image du roi. Seigneur que tous les sujets devaient vénérer. Tout aussi vite, il se prosterna de nouveau. Comme s'il cherchait à expier une terrible faute, son front frappa les pierres avec une violence qui les fit résonner.

Abasourdi par ce qu'il venait d'entendre et par le spectacle du visage impassible adoré par des agenouillés, Vasudeva restait interdit. Puis un sentiment amer passa sur son cœur qui ne remarqua pas les bruits et autres rumeurs qui s'étaient élevés derrière lui. Quand il remarqua que de nombreux prosternés s'étaient tournés vers lui, il recula. Trop tard, des guerriers le cernaient. Acculé, il cria que sa mère ne lui avait pas appris à s'incliner devant les hommes, mais devant les Dieux.

Des coups s'abattirent sur lui. Malgré la douleur, les plaies, le sang, il tenait bon sans s'effondrer. De guerre lasse, ses assaillants le ligotèrent contre le mur de la maison. Ses yeux fixaient toujours la sculpture qui le regardait d'un air vide et dans laquelle on ne pouvait lire ni douleur, ni pitié, ni indignation, mais seulement de la fixité. Immobile, inerte, indifférente, cette image ne contenait pas de vie.

Attaché au muret sans ombre, il endurait les morsures du soleil. Des regards compatissants, mais vite détournés lui étaient adressés. Il comprit que pour certains, il n'était pas dans le faux mais que, dans le cœur des hommes, la peur est comme un serpent devant lequel le courage fuit.

Les gardes ne savaient que faire de lui. Une rumeur courut disant qu'un convoi de caravanes aller bientôt passer. Très bien, il y serait donc confié, heureux qu'ils étaient de se débarrasser de l'effronté. Cette nouvelle soulagea aussi Vasudeva. Ses forces l'auraient abandonné s'il avait dû faire le trajet attaché à un cheval sur la rude route. Forces qui, d'ailleurs, lui seraient nécessaires comme il le pressentait. Ses yeux se fermèrent pour oublier le monde extérieur. Le calme s'installa dans son âme. Il retrouva la sereine tranquillité qui lui était familière quand il se tournait vers le dedans.

Vers midi, les caravanes approchèrent. Leur défilé était interminable. S'en répandaient un nuage de poussière rouge et une forte odeur de bêtes sauvages offertes en cadeau par des souverains voisins au Seigneur. Toujours ligoté, il fut mis dans l'une des voitures par un soldat qui le gardait. Personne ne prêta attention à la scène, car les badauds s'extasiaient devant la magnificence et l'étendue du défilé.

Le soir, à l'écart de la route, le cortège s'arrêta quelques heures durant autour de petits feux de camp. Vasudeva recevait, lui aussi, de la nourriture et de l'eau que son gardien mutique lui apportait. Des cercles autour des feux voisins, il voyait que beaucoup l'observaient. Son crime était parvenu à leurs oreilles. Ses compatriotes inclinaient leur front avec tristesse. Les autres l'insultaient ou le raillaient. Mais tous lui firent comprendre que sa vie était perdue, car le roi se tenait pour le fils des Dieux et, en conséquence, revendiquait les honneurs divins.

Vasudeva pensait lui que les Dieux étaient toujours doux, que seul l'homme apportait le tourment sur la terre, surtout quand il abusait de leur nom. Mais il ne le dit pas, ayant appris à se taire. Avec tristesse, il songeait à sa mère et au vieil homme qui attendait le buffle blanc aux cornes d'or.

Plus tard, alors que tous attendaient un sommeil de quelques heures, il entendit soudain les mots de son gardien, la bouche contre son oreille. « La nuit est sombre, murmurait-il, et si tu as confiance en moi et acceptes que je reste avec toi dans ton village lointain, je peux défaire tes liens et m'enfuir avec toi. » Le garde refusait de conduire un innocent à la mort.

À la faible lueur du feu qui se consumait, Vasudeva regarda posément ces yeux angoissés, ce front affligé, ces lèvres qui avaient prononcé des paroles si réconfortantes. Ses mains liées, il les posa sur son cœur. D'un air compatissant, il secoua la tête. Tout bas, il dit : « Volontiers je partirais avec toi, car je ne cherche pas la mort. Je cherche la justice plus que la mort. » Il lui conta les raisons de son voyage. « Le vieil homme de mon village ne m'a rien demandé. Il me regardait seulement avec peine et ma mère... elle est possible qu'elle n'attende rien mais... Je te remercie, mais je ne peux pas. Maintenant, sache que je prierai pour toi.»

À quatre occasions lors du voyage, le cortège rencontra la même image d'or devant laquelle il s'arrêta. À chaque fois, la foule sautait du convoi pour se prosterner dans la poussière. Tous sauf Vasudeva que l'on ne frappait plus, car tous étaient sûrs de sa mort prochaine.

Le lendemain soir, ils arrivèrent dans l'une des grandes cours du palais. Tandis que les caravanes étaient en train d'être déchargées, le chef de la garde personnelle du souverain vint trouver Vasudeva. On lui raconta ce qui s'était passé. Il regarda Vasudeva comme s'il était un buffle enchaîné.

Dans un sourire narquois, il persifla : «Celui qui ne veut pas mettre son front dans la poussière peut parfois y perdre sa tête. Mais il est souvent trop tard quand on l'apprend.»

Après avoir congédié le garde bienveillant, il fit jeter le prisonnier dans un cachot duquel on verrouilla la porte.

Après un long moment, Vasudeva osa bouger. Il mit ses mains devant les yeux, mais ne vit rien tant l'obscurité régnait. Comme il ne pouvait rien distinguer, il tâta le sol de ses pieds nus jusqu'au mur contre lequel, pour profiter de la fraîcheur, il appuya son dos. Lui provenait le bruit incessant de la cour. Des épées s'entrechoquaient. Des cris d'animaux indomptables montaient jusqu'à son cachot. Lui revint le souvenir des nuits dans son village à l'Est, quand il fut le maître de la vie et de la mort. L'impossible repentir ombrageait son âme. Il était si triste que sa vie s'achève avant qu'il n'ait pu « tout laver », mais il sentait que les Dieux le feraient revivre sous une autre forme qui lui permettrait de se racheter. Toutefois quelque chose rongeait, comme un ver, sa résignation apaisée : il ne parviendrait peut-être pas à rendre justice à ce vieil homme et à son village.

Il s'endormit, rêva de sa mère. Cette fois-ci, elle ne détournait pas le regard. Au contraire, ses grands yeux noirs fixaient les siens. La main maternelle se posa sur sa joue et ses doigts mettaient du baume sur ses plaies infectées de son visage tuméfié.

Vers midi, on le conduisit au Seigneur. La lumière dorée du jour puis celle de la salle l'éblouirent. Il fallut un temps à ses yeux pour distinguer la silhouette sur le trône. Derrière elle se tenaient de fiers guerriers. Sur les côtés, se trouvaient des agenouillés, le front penché sur les dalles de pierre. Avec respect, Vasudeva s'inclina avant de lever les yeux. Le Seigneur avait une épée nue sur les genoux. Vasudeva se souvint que lui aussi avait, un jour, été ainsi. Puis cette pensée s'évanouit. Il scruta le visage du Seigneur. Il ne ressemblait que de loin au portait d'or, mais la couleur de sa chair le rendait plus humain. Vasudeva crut entrevoir, derrière la froideur lasse de son regard, quelque chose de voilé. De la curiosité, avança-t-il sans en être convaincu.

Puis, comme si elle venait du fond des âges, la voix du Seigneur descendit lentement vers lui. Elle était douce et onctueuse telle celle d'un homme bon.

«Tu n'as pas voulu te prosterner devant l'image, maintenant tu refuses de le faire devant son modèle ?

— Seigneur, répondit avec calme Vasudeva, dans ma patrie, nous ne nous prosternons que devant les Dieux. Ici, je ne peux faire autrement.

— Mais je suis ton Dieu, dit calmement la voix.

— Seigneur, ne blasphémez pas ! rétorqua Vasudeva effrayé, les Dieux pourraient vous punir.

— Même s'ils doivent me punir. Si tu ne te prosternes pas devant moi maintenant et plus tard devant l'image d'Or, ta tête pourra s'entretenir avec tes Dieux. »

Un tremblement parcourut Vasudeva qui se contint. Il se contenta de secouer la tête.

« Que la volonté des Dieux soit faite. Mais, Seigneur, je n'ai pas quitté mon village pour vous défier. La raison est tout autre et je vais vous la conter. Votre main droite peut me couper la tête ; votre main gauche peut refermer la plaie et faire cesser le sang de couler.

— Que veux-tu dire ? »

Et Vasudeva raconta alors l'épisode au village, décrivit les étrangers, en particulier celui avec une cicatrice sur le front qui avait ordonné de tuer le buffle. Il conclut en demandant que les auteurs soient punis et que la personne lésée reçoive une compensation.

Sur le trône, la main dans le menton, l'homme écoutait. Une fois encore, il sembla à Vasudeva qu'il y avait autre chose que de l'indifférence dans son regard, ou de la lassitude, ou de la dureté. Une sorte d'attention se logeait sous chaque nervure de ses traits.

Sans se presser ni se forcer, la voix demanda :

« As-tu déjà possédé le pouvoir ?

— Oui, Seigneur, répondit Vasudeva en baissant le front.

— Le pouvoir de l'épée ?

— Oui, Seigneur.

— Donc n'as-tu pas appris que le pouvoir n'existe que lorsque l'épée passe sur tout ce qui lui résiste comme la faucille sur l'herbe ? Que le pouvoir se fane et pourrit lorsque l'épée s'émousse ou que la justice veut se dresser contre le pouvoir ? Qu'il n'y a que deux sortes d'existence : avec l'épée ou sous l'épée ? N'as-tu pas appris cette leçon ? »

Vasudeva leva les yeux vers lui.

« Je l'ai cru, Seigneur, maintenant je sais que j'ai eu tort. Il y a quelque chose qui lie la faucille à l'herbe. Nous ne prions pas le tigre ou le meurtrier des fleuves, ni le ver qui vit sur le brin d'herbe. Mais nous prions les Dieux qui sont au-dessus d'eux et dans le sein desquels vivent les deux : le souffle du tigre et le souffle du ver.

— Et ce souffle, qui nous l'a donné ?

— L'amour, Seigneur, et la justice.»

Un sourire passa sur le visage du roi. Il regardait Vasudeva comme s'il était un enfant qui demandait la lune.

«Il est bon de te parler... tant que tu peux encore parler. Qu'on le ramène ! Je t'enverrai chercher durant la nuit. En attendant, souviens-toi d'une chose : si tu me donnes ta justice, je t'accorderai peut-être la vie sauve. Dis-moi, le vieil homme de ton village, il va bientôt mourir, n'est-ce pas ? Même sans avoir reçu un buffle aux cornes dorées, il mourra, non ? Ne serait-ce pas préférable de garder tous deux ce que nous aimons : toi, la vie ; moi, le pouvoir. Le pouvoir qui règle le monde et non la justice qui le dérègle.»

C'est parce qu'il souriait toujours que Vasudeva eut peur. Ce sourire était devenu malveillant. Ces paroles sur la justice blessaient son cœur comme la pointe d'une flèche.

«Loin de moi l'idée, dit Vasudeva, d'une voix tremblante, de vendre la justice d'un homme pour ma vie. Les marchands peuvent faire ça ou...

— Ou les rois, compléta la voix douce.

— Non. Ou ceux qui souffrent, Seigneur.

— Ah... et tu ne souffres pas ?

— Si, j'ai tant souffert que je ne peux plus souffrir. »

Depuis le moindre recoin de la salle dorée, tous les yeux étaient tournés vers lui. La main se détacha de l'épée. Sur un signe, Vasudeva fut emmené.

Dans l'escalier, un messager rattrapa le prisonnier et son garde. Il lui chuchota quelque chose. Vasudeva ne fut pas remis au cachot, mais dans une grande chambre en mansarde d'où la vue pouvait s'étendre sur les toits de la ville et les sombres forêts. On lui apporta à manger et à boire avant de le laisser à sa solitude.

Vasudeva resta longtemps debout près de la fenêtre, le regard tourné vers la liberté. Ce n'était pas la ville qu'il contemplait, bien que sa vie, ses couleurs, ses mouvements le galvanisaient, non, son regard partait au-delà, où le ciel bleu devient rouge à mesure que le soleil se couche. Les arbres sombres s'étendaient sur les collines et les vallées. Parfois un souffle de vent charriait le parfum des fleurs qui ravissait ses narines. Après avoir fermé les yeux, il entendit le bruit de la rivière de son village natal. Et aussi celui franc de la forge et le pas lourd des buffles rentrant des champs. Sous un nuage de poussière, les buffles se déplaçaient lentement entre les huttes et les palmiers tandis que le soleil brûlait tel un feu lointain.

« La vie, se dit-il en silence, c'est plus que ce qu'ils disent. Il suffit de tendre la main pour la sentir… »

Un courant froid l'enveloppa. Alors, sans illusion, il réalisa ce qui l'attendait. Les murs de cette belle chambre s'assombrirent. S'imposa dans son esprit le sourire mauvais du roi. C'était l'adversaire le plus retors qu'il n'eût jamais rencontré. Non pas parce qu'il allait lui ôter la vie, mais parce qu'il voulait lui ôter son cœur pur. Le Seigneur profanerait tout ce qui lui importait avant de l'envoyer rejoindre les morts.

Voler un vieillard, c'était si facile. Ses pieds avaient marché sur nombre de poitrines mortes. Mais ces morts-là avaient tenu des épées. Et le vieil homme ne s'accrochait qu'à l'espoir de la justice. Voilà ce qu'il se répétait en se promettant de ramener la justice au village. Car jamais le village n'y avait eu droit. Ce serait donc un miracle. Il fallait y croire. Il se le jurait. Lui qui avait d'abord levé la flèche contre l'injustice, la portait maintenant contre son cœur pour la justice. Oui, il ramènerait la justice et un buffle blanc aux cornes dorées. L'opprobre et la violence seraient effacés. Le roi les effacerait parce qu'un homme l'avait touché en plein cœur; même les Dieux de pierre souriaient lorsqu'un enfant, par inadvertance, faisait de même.

Cousue dans une poche intérieure de son vêtement, la pointe de la flèche tremblait contre sa poitrine. Du sang coula et imbiba le tissu. Dans un mouvement affolé, ses mains tâtèrent sa tunique. Non, c'était une illusion. La flèche était restée sous sa hutte natale. Pour recouvrer ses esprits, il pensa à sa mère, à cette femme qui abreuvait les mourants et les morts.

Après s'être silencieusement balancé d'une fenêtre à l'autre, l'un des singes sacrés entra dans sa chambre. Dans ses mains sombres et ridées, il tenait une banane qu'il voulut porter à sa bouche. La présence de Vasudeva l'y fit renoncer. Ses yeux étaient tristes, plus affligés que ceux des humains. Ils plongèrent leur regard l'un dans l'autre et partagèrent un chagrin abyssal, celui de deux créatures muettes et fraternelles. Le visage plissé du singe avait beau être envahi par la peine, s'en dégageait pourtant une lueur qui consola le prisonnier. Le soleil se coucha derrière le palais, l'animal tourna sa face vers les derniers rayons qui tombaient. Leurs éclats finissants se réfléchirent dans ses yeux bruns. Puis son corps, avec grâce et dextérité, se haussa sur les balustrades avant de disparaître, sans un adieu.

Esseulé et abattu, Vasudeva s'installa dans le coin le plus sombre et attendit qu'on vienne le chercher. Puis les battements de son cœur se calmèrent, et il lui sembla que le monde avait déjà pris congé de lui sous la forme de cette créature agile et mélancolique.

«Tu as dit, l'accueillit le Seigneur, que tu avais autrefois possédé le pouvoir. Le pouvoir de l'épée. Raconte-moi.»

Ils se trouvaient sur le toit du palais avec les étoiles au-dessus d'eux. Entre eux, une lanterne forgée. À leurs côtés, des serviteurs accroupis. Comme sur une haute montagne, une certaine tranquillité baignait les lieux. Les feux de la ville, au-dessous d'eux, paraissaient irréels. Leur murmure s'élevait dans un bruit de ressac.

Les yeux de Vasudeva se détachèrent avec nostalgie des lumières lointaines.

« Si la mort ressemble à ça alors elle doit être belle.

— Chaque mort est différente, répliqua le Seigneur Murduk, avant de la retrouver, il faut parfois traverser un océan de douleur.»

La voix avait beau être douce, le prisonnier savait qu'elle était trompeuse. Vasudeva décida de le tutoyer. Il voulait parler à son être, non à sa fonction.

«Je ne parle pas de ce qui précède la mort, mais de ce qui l'excède. Même les rois n'en savent rien. Je ne crois pas, Seigneur, que la mort relève de ton pouvoir. (Il leva la main qu'il fit passer sur les étoiles.) Tu veux que je te parle du temps de mon pouvoir. Comme je vais mourir, je peux t'en parler.

— Tu sais ce qui pourrait te sauver, l'interrompit la voix douce.

— Donc je vais mourir» dit le prisonnier.

Dans un souffle, il raconta ses années d'errance depuis le fouet du cavalier jusqu'à cette nuit, après la bataille, sur les genoux de sa mère. Et ajouta :

«Si j'étais encore l'homme que j'étais, je t'aurais déjà jeté dans le vide, Seigneur. Et mes pieds auraient atteint les limites de la ville pendant ton agonie. Aucune main n'aurait pu m'en empêcher. Encore moins la tienne.

— Je ne te crains pas, dit la voix, car tu veux la justice et non le pouvoir. Comprends-tu désormais combien il était insensé de laisser tomber l'épée? Si tu étais resté celui à qui tous obéissaient, tu aurais été maître de ta vie. Aujourd'hui, tu es mon esclave et ton cadavre finira dévoré par les chiens.

— Tu n'es pas plus grand qu'un enfant, Seigneur. Ils mettent une flèche sur un arc et se croient des guerriers. Ils rapportent un lézard chez eux et se pensent sans peur. Tu portes l'épée et tu penses être maître de ta vie. Tu n'es que ce que j'étais : un esclave de soi-même. Esclave de tes désirs, de tes angoisses, de tes peurs. Moi, j'ai accepté la peur, y compris celle de la mort. Grâce à elle, je ne me vendrai pas. Le dos droit, je me rendrai vers les Dieux.»

Le Seigneur avait de nouveau posé son menton dans sa main.

«Je t'élèverai une statue après ta mort. Le sang s'arrête quand tu parles et la nostalgie envahit ton auditeur…

— Écoute-moi, l'interrompit Vasudeva, et laisse-moi parler, je t'en prie. Le pouvoir ne rassasie pas. Seuls les Dieux sont rassasiés parce qu'ils ont tout. Et toi, tu n'as pas tout. Aucun homme n'a tout. Tu as beaucoup, mais c'est toujours peu, car tu luttes contre moi pour obtenir plus. Tu voudrais que je t'adore ? Tous ceux que tu vois t'adorent, avec leur front dans la poussière et aux lèvres ce que tu veux entendre. Et c'est à cela que je reconnais ton impuissance. Tu ne peux me forcer, tu peux seulement me tuer. Mais sur mon cadavre, tu pleureras, car à chaque battement, tu sauras qu'autrefois vivait quelqu'un devant qui tu étais moins qu'un mendiant.

— Il semble que tu veuilles mourir, dit la voix. Mais on peut torturer avant de tuer…

— Tu te répètes, Seigneur. Le supplice est toujours là quand le pouvoir est impuissant. C'est le sourire du menteur sur sa peur. Mais tout martyre aboutit à la mort. Il est la grande miséricorde pour celui qui voit clair dans le mensonge. Tu peux éteindre la vie, Seigneur, mais pas la mort. Il reste toujours aux pauvres quelque chose que tu ne peux pas leur enlever. Perdre nous appartient.

— Le supplice peut être long, Vasudeva.

— Pas plus long qu'une vie humaine, Seigneur, et la mienne est déjà derrière moi.

— Il peut être insupportable, Vasudeva.

— Pas plus insupportable que ce que l'homme peut endurer, Seigneur. »

Murduk, tel était le nom du Seigneur que peu osait prononcer, resta silencieux. Ses doigts firent de l'ombre à son œil agressé par la lumière de la lanterne. La peau de sa main était fine. Elle brillait comme du bronze. Des étincelles dorées coururent sur la lame de son épée que sa respiration faisait monter et descendre sur ses genoux.

« Mes ancêtres venaient d'un pays au-delà des montagnes enneigées, raconta Murduk de sa voix aux intonations innocentes. Il y avait des steppes où le vent faisait chanter l'herbe. Les chevaux, les bœufs et les chameaux se la partageaient. Le soleil ne faisait pas d'ombre parce qu'il n'y avait pas d'arbre sur la terre, et la nuit, les étoiles brillaient, mille fois plus nombreuses qu'ici. C'était ce que racontaient nos Anciens. C'est de ce pays d'où nous sommes venus. Nous voulions chevaucher les plaines et remplir de sang le fourreau de nos épées. Été comme hiver, nous étions libres. Nous ne possédions que nos tentes et nos couvertures en poil de chameau. L'or et les trésors nous croulaient dessus bien que nos ennemis n'étaient pas tendres, mais leur cou l'était à nos épées.

Puis le chaos se retourna sur nous. Les Dieux, les femmes, les forêts, les fleuves, le cœur du peuple :

tout fut gorgé de poison. Invisible, mais mortel. Nous étions donc dans le vrai : seule la terreur fait plier le monde. Pas la justice, car le monde ne veut pas de justice de notre horde. Pas l'amour, car le monde crache dessus. Seule la terreur. C'est elle qui brise les nuques et fait obéir les corps. Elle paralyse la moelle, la main, les rébellions. Après la mort, elle est la meilleure gardienne du trône. Elle bâtit les empires et maintient la charpente des palais.

Or, je te l'avoue, nous n'y prenions aucun plaisir. La terreur rend la vie froide et les nuits solitaires. Elle est comme l'hiver dont parlent les Anciens : un désert de neige sans étoiles. Elle est le fouet pour le cheval, le bâton pour l'enfant, la misère pour le pauvre… Ce que tu as osé faire, Vasudeva, son écho se répercute dans tout le pays. Mille nuques se redressent déjà. Des bêtes en cage dont le verrou tinte. Mille lèvres chuchotent, complotent. Mille mains tâtonnent vers le poignard. Tu as visé juste. C'est pour cela que seules deux solutions s'offrent à toi : s'agenouiller ou mourir. »

La fatigue brisa la voix de Murduk dont la respiration descendait comme tombent les étoiles. Son récit était si sombre qu'il paraissait le plonger dans une nuit éternelle. Alors Vasudeva entrevit une ouverture pour atteindre son cœur :

« Le pouvoir doit être une chose bien fragile pour avoir peur de moi. Peur d'un pauvre et d'un inconnu des forêts du fleuve sacré. Mais tu es plus pauvre que moi, car tu es pris de vertige quand tu regardes sous tes pas. Il te manque la justice. Tu souris ? Tu te moques ? Tu penses que c'est le rêve des pauvres, un mensonge, une chaîne furtive autour du cou des puissants ? Mais c'est plus que cela. Quand l'idée de justice s'est imposée à nous, nous avons cessé d'être comme le meurtrier de la forêt, car les Dieux ont touché notre cœur de leur doigt. Mais la justice n'existe qu'entre les hommes. Quand le cavalier a ordonné de tuer le buffle, il était moins que l'animal tué. Il a frappé ce qui était sans défense parce que cela lui plaisait. Il aurait pu se contenter de tuer le vieil homme, les femmes, les enfants, moi, tout le village. Il se serait enfui à cheval et la forêt se serait couverte de son méfait. Tu n'aurais rien su de tout cela, mais les Dieux l'auraient su. La terre aurait été violée, et tu en aurais été responsable. Toi seul, car le puissant est responsable de toute larme versée dans son royaume !

Car les rois devraient être là pour que la terre ne souffre pas de honte. On doit courir vers les rois et non les fuir. Il faut guérir de la violence. Le destin m'a envoyé pour te guider. Personne ne t'a encore guidé, personne ne t'a parlé sans regarder ton sourire pour voir si ce qu'on te disait te plaisait. Si ignorant est le pouvoir, si solitaire, si terriblement éprouvant. Le vieil homme de mon village, qui attend le buffle blanc, tient ton sort dans ses faibles mains. Les Dieux sont du côté des humbles, Seigneur Murduk. »

La voix se brisa : « Écoute-moi, je lui enverrai cent buffles blancs aux cornes dorées. C'est plus que tu as demandé. Mais mets-toi à genoux ! Ton front peut seulement frôler le sable et non le toucher. Seulement, fais-le ! J'ai besoin d'ordre et il n'existe que quand tous se prosternent, ne le comprends-tu pas ?

— Mais pourquoi tiens-tu à être si faible, Seigneur ? rétorqua Vasudeva tristement. N'es-tu pas assez fort pour comprendre ? Tue-moi, mais donne au vieil homme son dû. Alors les enfants crieront : le buffle blanc arrive ! Les femmes sortiront des maisons, les hommes se précipiteront hors des champs, tous soutiendront le vieillard aux jambes qui flanchent. Et ils diront : On ne nous a pas abandonnés ! Les Dieux sont bienveillants et le roi aime la justice. Alors le vieillard s'écrira : “Mais où est Vasudeva ?”. Tes guerriers répondront : “Il s'est révolté contre le pouvoir et a reçu la mort. Mais avant de mourir, le roi a promis qu'il enverrait le buffle blanc aux cornes dorées”. Le peuple, ton peuple, dirait : “Que le Seigneur est grand. De la main droite, il donne la mort ; de la gauche, la justice.”»

Les lumières s'éteignaient sur la ville. Au-dessus des toits, les palmiers tremblaient. Mais comme il n'y avait pas de vent, on pouvait croire que c'étaient les mots de Vasudeva, qui avaient fait trembler la terre.

« Personne ne m'a encore vaincu, dit la douce voix. Et ce ne sera certainement pas toi…

— … ce n'est pas ce que je veux, répondit le prisonnier, las. Peut-être que si tu avais eu une mère comme la mienne… »

Murduk se leva et fit signe aux serviteurs. Appuyé sur son épée, il contempla la lumière de la lanterne. On aurait dit qu'il y lisait quelque chose. Après avoir souri, il regarda Vasudeva : « Alors tu aimes ta mère ?

— Plus que ma vie, Seigneur. »

Ses yeux gris s'enfoncèrent dans ceux du pauvre.

« Plus que ta vie, répéta-t-il en hochant la tête. Nous nous en souviendrons... Bonne nuit. »

Lorsque Vasudeva atteignit la dernière marche de l'escalier, ses genoux se mirent à trembler. Il mit ses mains devant ses yeux et posa son front sur le marbre glacé des murs. Il demeura prostré jusqu'à ce que le gardien touche doucement son épaule.

Après cette nuit, Vasudeva resta seul pendant un mois. Des esclaves lui apportait à boire et à manger, mais lorsqu'il demandait des nouvelles de Murduk, ils se contentaient de couvrir, effrayés, leurs lèvres avec leurs mains.

Vasudeva vivait comme oublié.

Mais lui-même ne pouvait pas oublier. Il se souvenait de sa promesse. Dans le recoin le plus sombre de la chambre, il se réfugia trois semaines durant, les yeux clos, les mains légèrement jointes. Il refusait la nourriture que les gardiens lui remettaient en la repoussant à ses pieds.

Autour de la troisième semaine d'isolement, alors qu'il fixait les premières lueurs du soleil, attendant l'arrivée des étoiles, il eut l'impression que le tracé des nuages au-dessus de la route d'où sortaient les bois lui pointait une direction. Il sentit que de là-bas viendrait l'épreuve finale où le pire serait à endurer. Son cœur se mit à tambouriner. Ses lèvres exsangues se perdaient dans ses prières qui rebondissaient dans le vide de sa chambre. Il se cachait sous les incantations ce qu'il avait deviné. Son long et insidieux supplice ne viendrait pas de sa douleur à lui, mais de la personne qu'il aimait le plus au monde.

Chaque jour, à l'heure de l'après-midi, le petit singe sacré remontait silencieusement des profondeurs, s'asseyait tranquillement sur la balustrade et le dévisageait. Parfois, il tenait dans ses mains brunes un fruit, un petit cerceau ou un objet cassé chipé dans un tas d'ordures. Souvent, il le faisait passer d'une main à l'autre – dans un jeu sans joie – et, ses yeux tristes fixaient l'homme qui avait joint ses mains et qui regardait dans le vague.

Chaque fois que le soleil disparaissait derrière les pointes dorées du faîte du toit, l'animal tournait la tête pour suivre sa chute. Alors il se laissait tomber sans bruit, dans le crépuscule, comme s'il avait tout oublié, l'homme, le soleil, le jour.

Le lendemain, à la même heure, il était de retour.

Vasudeva le nomma « le messager de la dernière heure ».

Le soir du trente et unième jour, alors que Vasudeva regardait par la fenêtre, il entendit des coups de sabot dans les rues. Son cœur se souleva. Il faisait sombre. Des torches flambaient dans la cour en contrebas. Il vit un groupe de cavaliers devant la porte, exténués, couverts de poussière blanche, et parmi eux une silhouette voilée qui levait la tête vers les gigantesques enceintes. On l'aida sans la presser à descendre de selle, le chef de la garde personnelle s'approcha, s'inclina et la guida au sommet des marches. Puis le bruit des chevaux et le cliquetis des armes s'estompèrent, et tout devint aussi silencieux que dans une maison abandonnée.

Vasudeva retourna dans son recoin où il avait vécu ce mois, ferma les yeux, dos au mur. Et il poursuivit ses appels auxquels nul ne répondait.

Il ne savait pas combien d'heures s'étaient écoulées lorsqu'il entendit des pas. Les étoiles brillaient déjà à travers les arches ouvertes des murs, mais la lune n'était pas encore levée : il devait être bien avant minuit.

La porte s'ouvrit et avant qu'elle ne se soit refermée doucement, une lampe fut posée près du seuil et quelqu'un entra.

C'était sa mère.

Jusqu'aux premières lueurs du jour, ils restèrent l'un à côté de l'autre. Puis sa mère accueillit sa tête sur ses genoux. « Sur un bûcher, mère ? répétait-il en se mordant les lèvres. On t'a dit – sur un bûcher ? »

Elle ferma ses yeux avec ses mains. Il sentit qu'elle souriait. « Mon cher fils, dit-elle à voix basse, j'ai entendu dire qu'il en était ainsi dans de nombreuses régions de ce pays maudit. Penses-tu que je te demanderais de t'agenouiller pour sauver ma vie ?

— C'est ce qu'il veut ?

— Oui. Jamais je n'ai vu un homme aussi oublié des Dieux.

— Et que lui as-tu répondu ?

— Que nous allions tous deux mourir. Moi par le feu, toi par l'épée. J'ai ajouté qu'il baiserait tes lèvres quand il serait trop tard et qu'il frapperait la poussière avec son front pour revenir en arrière.

— Qu'a-t-il dit ?

— Que, puisque tu n'avais courbé ton front, tu le contraignais à le faire pour toi. Mais qu'il ne le ferait qu'une fois que tu aurais quitté ton corps.

— Si je le tue, murmura Vasudeva, tout n'aura été qu'une chimère…

— Oui, même la justice, même ton nom…»

Puis leur attention fut happée par les étoiles. Dans d'infimes progressions, elles basculaient dans l'espace infini. Leurs scintillements reculaient tout au fond de la nuit. La magnificence de ces minuscules mouvements les ramena, par la pensée, au village. Ils s'imaginèrent devant leur hutte, d'où ils pouvaient aussi contempler le ciel se métamorphoser entre les feuilles de palmier.

«As-tu peur?» demanda doucement Vasudeva.

Elle embrassa ses cheveux.

«La douleur ne durera pas plus de temps qu'il ne faut pour aller de notre village au fleuve. Puis une fois partie, je t'attendrai et tu me rejoindras. Les Dieux auront tendu les bras pour nous soulever. De quoi devrais-je avoir peur?

— De la douleur.

— La douleur est une illusion. Je t'ai dit un jour qu'il faudrait que tu deviennes vieux pour le savoir.

Remarque bien, mon cher fils, combien les Dieux sont miséricordieux avec nous, car tu as l'occasion de le comprendre avant.»

De temps en temps, Vasudeva, sans force, s'assoupissait. Une sensation de honte et de terreur l'expulsait du sommeil. Mais il trouvait les mains de sa mère pour lui refermer les yeux. À nouveau, il s'endormait. Elle, assise sans bouger, le regard rivé sur les étoiles. Sans les battements de son cœur, elle aurait pu être prise pour une statue divine, sombre et droite contre le mur glacé.

Quand le soleil fut levé, on leur apporta de la nourriture.

Ils se contentèrent d'humecter leurs lèvres d'eau et de jeûner en regardant la grande place. L'ombre des toits progressait sur elle. Des hommes charriaient du bois. Vasudeva entoura sa mère de ses bras pour lui cacher les préparatifs. Mais sa mère, sans se départir de sa sérénité, dit : «L'être heureux regarde en face ce que tisse le Destin. Reste ici, à la fenêtre, pour que les gens te voient. Il y aura dans la foule beaucoup de pauvres et d'opprimés. Et ils parleront de toi des générations durant. Il est mort pour que vive la justice, répéteront-ils. Et celui qui meurt pour l'immuable, les Dieux le bénissent. Cela leur donnera du courage.»

Une masse brune envahissait la vaste place. Ils ne distinguaient pas leurs traits. La foule ne dessinait qu'un seul visage levé vers eux. Un visage silencieux, humble, triste, mais transfiguré par l'espoir : c'était le visage du peuple.

Rentrant la tête à l'intérieur de la chambre, Vasudeva et sa mère entendirent les pas de Murduk qui s'approchaient et résonnaient le long des murs.

En un claquement de doigt, il fut devant eux ; à la même vitesse, ils devinèrent qu'il souffrait tout en cherchant à le dissimuler.

«Je me suis souvenu, dit le Seigneur de sa voix d'enfant, que tu m'as dit aimer ta mère plus que ta vie. Et je sais que tu es incapable de mentir.

— Oui, mais ma mère et moi aimons les Dieux plus que notre vie.

— Les Dieux ne veulent pas d'entêtement. Voyons !

— Tes mots sont justes, Seigneur.

— Ne les retourne pas contre moi. Celui qui ne plie pas n'est qu'un orgueilleux !

— De qui parles-tu ? De moi ou de toi ? Mais

sache encore une chose : si tu me tues, tu restes roi. Si tu la tues, tu ne seras qu'un meurtrier.

— Quand les Seigneurs tuent, on appelle cela leur devoir.

— Alors fais donc ton devoir, Seigneur.»

Ils demeurèrent longtemps ainsi : immobiles, muets, affligés. Leurs yeux cherchant l'âme de l'autre ou une solution à ce dilemme insoluble.

« Vasudeva… » répéta le Seigneur.

De sa main, la vieille femme désigna la grande place. Ses bracelets usés tintèrent.

«Tu as fait de ton peuple des esclaves, mais accorde-leur pour une fois de pouvoir regarder sans s'agenouiller.

— Je le leur accorderai», répondit Murduk.

Du haut de la balustrade, le petit singe observait Vasudeva et sa mère descendre les marches. Leurs mains n'étaient pas ligotées. Le Seigneur se tenait sur le haut siège devant la porte du palais. L'épée sur les genoux, il fixait le bûcher. Derrière lui, une forêt de lances vacillait dans l'air. Le silence était si profond qu'on pouvait entendre les cris des singes sacrés dans la lointaine jungle.

Près des dernières marches du trône, deux gardes les conduisirent.

Devant tout le monde, le chef de la garde s'avança.

« À genoux, Vasudeva ! » ordonna-t-il.

Le prisonnier hocha la tête.

« Toi, femme, fléchis les genoux ! »

Elle leva les deux mains, fixa son fils et l'embrassa. Puis elle se dirigea vers le bûcher. Le peuple sanglotait. On aurait dit la vague nocturne d'une mer qui se brise en soupirant le long de la plage.

Murduk leva la main droite.

Lorsque les bûches commencèrent à crépiter, Vasudeva trébucha. Il se tenait maintenant seul entre le trône et la pile de bois. Il avait les bras croisés sur la poitrine et le front levé. Le peuple raconta plus tard que ses yeux saignaient.

Un mince nuage de fumée sombre s'éleva lentement au-dessus de la ville.

Puis la voix s'éleva du feu ; elle était douce et sombre.

Une secousse parcourut toute la place comme si la terre s'ouvrait. Seules les pointes des lances restaient immobiles.

La voix était comme un chant. Elle s'élevait et s'abaissait d'une seule note, comme le vent qui passe sur la steppe. Même l'étouffante fumée qui asphyxiait la place ne pouvait la faire taire. Si, parfois, elle s'affaiblissait, c'était ensuite pour mieux s'élever au-dessus des flammes. Cette voix rayonnante, immortelle, inconnue leur dit :

« Heureux le corps, murmurait le vent, qui a enfanté Vasudeva !

Les meurtriers glisseront des toits. Le peuple y verra un appel ;

Ta main a brisé le silence, et ton courage a résonné en nous,

Tu as été digne comme un berger peut l'être.

Heureux le corps qui t'a enfanté, ô Vasudeva. »

Du bûcher s'élevait une fumée sombre et lourde qui, pourtant, n'arrivait pas à étouffer la mélopée. Les mots se répercutaient de tous les côtés, dans tous les crânes, dans les torses, dans tous les sangs. Ces mots explosaient dans les consciences :

«Heureuse est la vie qui dépasse l'erreur et les fautes,

Le Juste se tourne vers le silence qui déchire le voile des choses.

Sous l'arbre saint, soulève la plante de tes pieds de la poussière,

Celle qui, un jour, nous a aveuglés.

Bienheureux est le corps qui t'a enfanté !»

La chair de sa mère était dévorée par les flammes. Sa peau explosait en pustules. La voix devint faible. Alors que tous pleuraient, elle conclut en des accents déchirants :

«Sacré est le brave qui honore les Dieux plutôt que les épées

Qui se penche vers les pauvres alors que la lame le menace.

Qui tient la justice de ses mains mutilées

Pour que se taisent les puissants.

Bienheureux est le corps qui t'a enfanté, ô Vasudeva.»

Le vent léger qui accompagnait le coucher du soleil passa sur les toits. Il agita les pagnes des agenouillés, souleva la fumée comme une lourde étoffe. Une dernière flamme rugissante sortit du bucher en claquant dans le silence.

Personne n'osait respirer.

Le petit singe déambulait sur la place comme chaque soir. Un fruit à la main, il la traversa en se permettant des roulades comme si le lieu était vide. Une longue ombre s'étendait derrière lui, passant devant le Seigneur et sur Vasudeva. L'animal s'arrêta et considéra la silhouette silencieuse de celui qui avait été des jours et des nuits son compagnon. Ses yeux devinrent tristes. Ses mains jouaient sans joie avec le fruit.

Comme il n'y avait aucun mouvement sur la place, qu'il n'y avait pas d'autre bruit que celui des flammes s'éteignant, le petit singe sacré laissa tomber son fruit avant de se diriger vers le bûcher. Aussi près que le permettaient les braises, il s'approcha, s'accroupit puis appuya son menton dans sa main ridée et regarda le feu mourir.

Lorsque Vasudeva se tourna vers le trône, le crépuscule pointait, baignant le palais dans une lueur dorée. Ses pieds parcoururent quelques marches. La colère absente de son visage et de sa voix, il dit tout bas : « Seigneur, tu n'as pas vaincu. »

Murduk avait le regard plongé sur la dernière flamme et le corps en cendres devant lequel la bête était accroupie. Ce chant… Il lui sembla qu'il l'avait toujours entendu et que bientôt il n'entendrait rien d'autre. Ses doigts quittèrent le manche de l'épée. Il chuchota : « Tuez-le ! »

Comme personne ne s'exécutait, il releva la tête d'un geste vif. « Tuez-le ! » hurla-t-il d'une voix déchirée par le désespoir.

Son épée nue à la main, le chef de la garde personnelle fit quelques pas rapides vers Vasudeva. Murduk se pencha pour trouver son regard. L'ombre de la mort brillait dans le regard du condamné. Sans un mot, sans haine, ils dévisageaient le visage royal. Alors que les lèvres de Vasudeva allaient s'ouvrir pour répéter encore une fois ce qu'il avait dit tout bas, l'épée étincela et se colora.

Le corps resta à l'endroit où il était tombé, à quelques mètres des marches du trône.

Lorsque la cour s'en retourna dans le palais et que sa porte fut refermée, le peuple s'accroupit autour du mort, sans un mot. La nuit avait renversé le crépuscule. Une pauvre braise jetait de maigres lueurs sur ceux qui entouraient le cadavre. La complainte des morts s'éleva de ce chœur brisé. La cour du palais devint une mer agitée de vagues inconsolables.

À minuit, Murduk envoya ses hommes chasser les endeuillés, puis il posta un garde devant la porte de sa chambre. Dehors, la lumière de la lune se répandait sur les pierres du palais les rendant spectrales. Le petit singe traversa les rayons blanchâtres pour se blottir près de Vasudeva. Les gardes le chassèrent, mais toujours il revenait. Le singe voulut attraper les cheveux de celui qui ne lui était pas inconnu, mais sa main ridée retomba. Il observait les yeux ouverts du mort dans lesquels se reflétait la lune.

Le lendemain, Murduk ordonna que ce corps soit changé en cendres. Des pierres avaient été disposées sur le bûcher, on pourrait ainsi allonger le cadavre et l'incinérer. L'emplacement ferait office de tombeau.

Murduk observait les préparatifs de la balustrade où Vasudeva et sa mère avaient vu le soleil se coucher. Il resta là un moment. Quand la lune se leva, il fit appeler son chef de garde.

« Elles tremblent, tu ne le vois pas ? bafouillait-il. Les pierres tremblent.

— Seigneur, dit le soldat, cet homme t'a jeté un sort. Il est mort et rien ne tremble au-dessus de sa tombe. La lune trompe tes yeux.

— Elles tremblent, elles tremblent, répétait le Seigneur avant de crier, tu es aveugle, tes yeux sont noirs de sang. De son sang. Disparais ! Et que je ne te voie plus jamais ! »

Le lendemain, à midi, quand les ombres furent courtes et la lumière intense, Murduk, accompagné de sa troupe de soldats, s'avança jusqu'à la tombe. Pétrifié, il examinait les pierres flamboyant sous le soleil. Entre chacune se logeaient des nids d'ombre. « Elles tremblent, dit-il. Mais vous ne le voyez donc pas ?! »

Ses hommes, inquiets, se taisaient.

« Mettez plus de pierres ! intima-t-il d'un ton désespéré. Encore plus de pierres ! »

L'ordre fut exécuté.

Pourtant les pierres tremblaient toujours pour lui

dont la vie commençait à s'échapper. Vasudeva s'invitait souvent dans ses rêves. Non pas, la tête sous le bras comme dans les contes, mais immobile, le visage penché sur lui, exactement comme peu avant sa mort. Ses lèvres remuaient. Malgré les efforts de Murduk, il n'entendait pas un mot. La voix du mort était trop faible.

Fréquemment, le petit singe sacré accompagnait le mort. Ils se tenaient dans une pose rigide. Les yeux de l'animal se levaient vers le Seigneur, des yeux aussi vides et tristes que ceux du mort. Les deux figures restaient longtemps à veiller le dormeur tandis que les paroles inaudibles s'enfonçaient dans son cœur qui les refusait.

Le matin, elles avaient disparu.

Un soir, Murduk fit quérir son fils qui avait fondé un royaume au pied de la montagne. Toute la nuit, il s'entretint avec lui. Les serviteurs entendirent sa douce voix résonner le long des deux versants du crépuscule.

Un matin, il convoqua ses proches et sa garde personnelle à l'exception du chef qui avait quitté le pays.

Il ôta sa tunique en or, se ceignit d'un pagne, prit une natte sur son dos, un bol en bois dans chaque main. Après avoir congédié les siens, il traversa la place vide et ensoleillée pour se rendre au mausolée.

En face de la porte du palais, le mausolée avait fini par devenir une grotte. Tant des pierres avaient été ajoutées sur la tombe ! Ses dimensions permettaient désormais à un adulte de s'y tenir accroupi. Murduk étendit sa natte ainsi que son bol devant l'entrée.

Au moment où il avançait sa tête à l'intérieur, il sentit son cœur endolori s'ouvrir et une paix s'installer en lui. De temps en temps seulement, il sentait la pierre trembler, mais ce n'étaient plus ces sanglots sans fin qui lui ravageaient l'âme. Un jour, l'espérait-il, la pierre ne tremblerait plus.

Les premiers jours, la place ne se remplissait pas comme si la ville était morte.

Un matin, lorsque Murduk sortit de son sommeil, il découvrit sa coupe remplie, une feuille de lotus posée sur les bords. Il vibra de joie et se dit qu'il commençait peut-être à changer. Accroupi dans l'ombre, il regardait, du seuil de l'entrée du mausolée, le monde lumineux auquel il avait renoncé. Le soir, le soleil arriva jusqu'à ses pieds et les réchauffa. Les murs et les toits du palais s'embrasèrent. Tout en haut, il vit le petit animal le dévisager d'un air mélancolique, tel qu'il lui était apparu en rêve. Quand une ombre, glissant sur le mur, s'approcha, le singe disparut.

Or, un soir, le petit animal osa s'aventurer vers l'entrée du tombeau. Plutôt que de rester avec Murduk, il le fuit, se faufilant entre les pierres à la recherche de l'homme enterré. Murduk pensa qu'il ne pouvait pas échapper à ce qu'il avait fait. Il ne se rachèterait jamais. Le mausolée lui parut comme éternellement désolé. Le désespoir enserrait son cœur.

Puis l'animal, s'étant extrait des ténèbres, vint se blottir contre ses pieds. Alors, pour la première fois depuis qu'il était en âge de se souvenir, des larmes coulèrent des yeux de Murduk qui ne pensait plus à les retenir.

Mais pour autant il eut encore besoin de beaucoup de temps avant de détacher complètement son regard de la porte du palais.

Un soir, au crépuscule, des femmes et des jeunes

filles s'avancèrent avec des paniers où dépassaient des fleurs. Elles décorèrent la porte du palais et jonchèrent de pétales sur le sol, traçant ainsi un chemin qui menait au mausolée. Elles avaient formé une large bande rutilante qui séparait l'espace immense de la place en deux. Le tracé des fleurs conduisait au tombeau avant de s'en écarter par un angle droit.

À la vue de ses préparatifs, Murduk joignit les mains, pria et attendit.

Le peuple commença à se rassembler sur la place. Entre le mausolée et la foule demeurait encore une distance apeurée que même l'engouement du moment ne venait combler. Au loin, on pouvait entendre les singes sacrés dans les bananiers.

Alors que le soleil était déjà à moitié derrière le faîte du toit et qu'une première bouffée de fraîcheur venue des forêts soufflait sur la place, les battants de la porte de la muraille s'ouvrirent lentement. Dans leur embrasure se tenait le fils de Murduk, vêtu d'une tunique blanche. Derrière lui, les grands de l'empire, les guerriers, les soldats, leurs serviteurs. Mais personne ne portait d'arme. Au son d'une musique solennelle, le cortège se mit en marche de part et d'autre de la bande fleurie. Nul n'osa effleurer les fleurs.

Le cortège marchait vers le mausolée. Murduk le voyait progresser comme en rêve, avec en tête des souvenirs de projections de lanternes magiques. Une beauté irréelle irradiait l'air. Surtout quand une première paire de buffles franchit la porte. Leur guide portait une tenue dorée. D'une blancheur immaculée, les buffles resplendissaient sous la lumière ronde du soleil. À leurs cornes pendaient des boules d'or, à leur cou des couronnes de fleurs. Les sabots semblaient se poser délicatement sur le parcours nappé de pétales. La marée humaine s'ouvrait sous leur passage. Les corps lourds de bêtes magnifiées paraissaient flotter tant l'or de leur parure étincelait.

Deux par deux, les buffles se dirigeaient vers le mausolée. On aurait pu craindre qu'ils ne s'affolent et fendent les pierres du tombeau jusqu'aux cendres du mort. Mais ils respectèrent l'angle droit que le chemin fleuri traçait au sol. Murduk vit disparaître la procession des buffles. D'abord les cornes, les dos et enfin les sabots. Après s'être agenouillé, il les compta, le doigt levé comme un enfant. Quand le cinquantième buffle eut disparu, ses mains se joignirent. En fermant les yeux, il laissa sa tête tomber sur le sol. Son front toucha la terre. Pour la première fois.

Puis, la place se vida peu à peu. La musique s'était arrêtée, remplacée par l'écho des pas quittant les lieux. Les battants de la porte se refermèrent et le silence accompagna la venue de la nuit.

Les yeux fermés, il imagina la poussière rougeâtre au-dessus de la lointaine caravane, les étoiles et la lumière de la lune sur le chemin de la transhumance. Il sentit le petit singe lui mordiller les pieds. Il posa sa joue contre la pierre derrière lui.

Elle ne tremblait plus.

FIN

Note des éditeurs

Bien qu'il fût l'écrivain allemand le plus lu des années 1930, Ernst Wiechert n'est pas le premier auteur qui vient en tête quand on pense à la littérature allemande de la première moitié du XXe siècle. Spontanément surgissent les noms de Stefan Zweig, Hermann Hesse et de bien d'autres avant que le sien ne s'impose.

La raison tient peut-être à la taille volumineuse de ces deux livres majeurs, *Les enfants Jéromine* et *Missa sine nomine*[1], qui peut effrayer le lecteur au premier regard ou bien, tout simplement, aux modes qui balaient tout sur leur passage et rejettent dans les limbes de notre histoire littéraire les auteurs singuliers et inclassables. Il est certain qu'Ernst Wiechert fait partie de ceux-là.

---

1. *Les enfants Jéromine* et *Missa sine nomine,* respectivement 2016 et 2019 au Livre de poche.

Son regard profond sur la nature humaine, sa croyance en la capacité des hommes à se dépasser et à transformer la souffrance en un élan vital, son humanisme chrétien imprégnant toute son œuvre ont peu d'équivalents dans le paysage littéraire.

Cette première publication du *Buffle blanc* en France s'inscrit donc, comme celle de *Roman d'un berger* (Les éditions du typhon, 2022), dans une volonté de proposer aux lecteurs une porte d'entrée dans son œuvre.

Écrit en 1936, *Le Buffle blanc* creuse, sous un prisme différent, les mêmes questions sur la nature humaine et le pouvoir que *Roman d'un berger*.

Dans ce livre-là publié en 1935, Ernst Wiechert osait s'élever contre son époque en prenant le parti pris des plus faibles en nous contant l'histoire d'un jeune berger prêt à tous les sacrifices pour protéger les siens. Évidemment, les nazis goûtèrent peu cette leçon, mais laissèrent publier ce texte tout en le méprisant. L'année suivante, *Le Buffle blanc*, lui, ne passa pas la censure. Il fallut attendre la fin de la guerre pour que cette inventive et implacable fable contre la tyrannie soit publiée en Allemagne.

Pourtant, dès leur arrivée au pouvoir, les nazis avaient tendu la main à Ernst Wiechert, le prenant un temps (et à tort) pour l'un des leurs. Par faiblesse ou conformisme, Wiechert aurait pu la saisir et briller ainsi au bal des maudits. Or, cette main-là, il la refusa comme il avait refusé quarante plus tôt son pâle destin tout tracé d'enfant des marais.

Ernst Wiechert est né en Prusse-Orientale, dans un petit village au bord d'une forêt qui se trouve aujourd'hui en Pologne. Fils d'un garde forestier, il passe une enfance rêveuse et solitaire au milieu d'une nature qui l'éblouit et parfois l'effraie. À l'école du hameau, le maître arrive à convaincre ses parents que les capacités d'Ernst pourraient le conduire jusqu'au *Gymnasium* (collège/lycée). Refusant de contrarier ce qu'ils imaginent être la volonté de Dieu, ses parents très pieux acceptent. Ainsi, le jeune Ernst quitte son foyer, à la lisière des bois, pour la ville. La déchirure des adieux au pays de l'enfance sera un motif décliné de livre en livre.

À Königsberg, la ville d'E.T.A. Hoffmann et de Kant, il se révèle un excellent élève et bientôt un tout aussi doué étudiant destiné à pousser ses études jusqu'au doctorat. Rien ne semble entraver sa volonté jusqu'à ce que deux événements viennent l'ébranler. En 1912, la mort de sa mère. En 1914, la Première

Guerre mondiale. De santé fragile, il aurait pu se faire exempter, mais, pris dans la fièvre nationaliste de son temps, il s'engage volontairement.

Ce nationalisme belliqueux le quittera à la fin du conflit, mais l'amour de sa patrie, jamais tout à fait. Cela explique sans doute les réserves portées sur son œuvre par le lectorat communiste et anarchiste. Wiechert ne se détachera jamais vraiment de ce fort attachement à l'Allemagne. Sentiments irrationnels dont il perçoit toutefois les raisons tout en laissant son raisonnement en suspens. Dans une partie plus analytique de son œuvre[2], il entrevoit que, pour sa génération, l'idée de la Nation est peu à peu venue se substituer à celle de Dieu. L'appel transcendantal ressenti chez l'Homme ou quémandé par lui, s'est fixé non plus sur le Divin, mais sur le pays. Ainsi Wiechert pressent que son patriotisme est moins l'expression de sa personnalité que celle d'un basculement générationnel.

Si la guerre a décoré le citoyen de plusieurs médailles, elle a dévoré l'homme. Wiechert sort brisé du conflit avec un double deuil à porter : celui, symbolique, de la défaite et celui, réel, de la mort

2. Notamment, *Über Kunst und Künstler* (Sur l'art et l'artiste), Ellermann, 1946.

de son premier fils. Alors il s'oublie dans le travail. En plus de finir sa thèse, il enchaîne les manuscrits qui deviendront ses premiers romans. Ces derniers rencontrent assez rapidement leur public. Ernst Wiechert, ce tranquille professeur au chevet d'une femme malade, obtient ainsi une reconnaissance nationale et internationale.

Les auteurs proches du mouvement de la Nouvelle Objectivité (Irmgard Keun, Hermann Kesten, Klaus Mann...) le méprisent un peu. Leur littérature nerveuse, sensuelle, urbaine s'accorde mal avec le lyrisme, la métaphysique inquiète et la pudeur de Wiechert. Et un soupçon traine sur son œuvre. Comme ses romans célèbrent la nature, s'inquiètent de la marche du progrès et mettent en scène des personnages mus par des impératifs catégoriques, il est classé parmi les réactionnaires et les nazis pensent donc pouvoir en faire l'un des leurs. Ils le prennent pour un auteur «du sang et du sol» («*Blut-und-Boden-Literatur*»); ces romans et poèmes qui vantent les racines pour mieux exclure les prétendus déracinés.

D'être confondu avec ces auteurs nauséeux blesse profondément Wiechert. Ce malentendu le révulse, car ses textes ne sont jamais du côté des forts, mais des faibles. Les personnages de Wiechert ne sont pas ceux qui gagnent et qui écrasent, mais ceux qui se débattent contre l'injustice imposée par les puissants et qui mènent une vie simple avec dignité. Ce rapport humble aux choses et à l'existence est une leçon qu'il tire de son respect de la nature. Ce qu'il dit d'elle nous paraît une évidence aujourd'hui : elle est moins à conquérir qu'à chérir. Et ceux qui ne veulent pas l'entendre nous mettent en péril. Comme l'écrit Franck Bouysse dans sa préface du *Roman d'un berger*, « l'humanité (…) s'enfonce dans la nuit en trahissant la nature, et par là même, sa propre nature. »

Wiechert n'est donc pas un antimoderne au sens où il s'opposerait à la philosophie des Lumières en s'accrochant à un monde perdu, en pleine décadence face aux mœurs d'antan. Non, Wiechert craint la religion du progrès technique qui fait croire aux êtres qu'ils maîtrisent le monde alors qu'ils le détruisent. Le modernisme est pensé chez lui comme un mot d'ordre, comme une marche du monde à laquelle il se demande s'il est bon de participer.

Romancier, Wiechert ne clarifie pas ses positions en expliquant, mais en racontant. En suivant les pas du fils d'une veuve, de l'enfant le plus pauvre du village, *Roman d'un berger* s'oppose à la tyrannie des puissants. Dans ce texte, tout est humilité et les destinées en forme de destin sont cueillies dans une lueur douce qui est celle de l'empathie. Le ministre de la propagande, Joseph Goebbels, jugera le roman d'un lapidaire «littérature de couilles molles»[3]. À partir de ce texte, Goebbels fait surveiller Wiechert.

Le Buffle blanc part lui du même canevas que *Roman d'un berger*. Dans un village au bord du monde nait un être qui sera confronté à l'injustice. Contrairement à son double de souffrance, Michaël du *Roman d'un berger*, Vasudeva va se rebeller. Il tente de mettre fin à la violence avant d'être dévoré par elle. Puis, après avoir compris qu'il faisait ainsi fausse route, il entreprend une autre révolte contre le tyran, porté par un idéal de justice.

Le geste artistique de ce roman est épatant, tant il mêle différentes matières et enjeux à l'intérieur d'un récit clair et emballant. Même si *Le Buffle blanc* tient tout seul, son plaisir redouble de saveur quand on a en tête *Roman d'un berger*. Ainsi, on perçoit le jeu de miroirs où les lumières d'un texte éclairent l'autre. À cela s'ajoute l'intelligence du pas de côté géogra-

3. « Weichei-Literatur » in *Tagebücher von Joseph Goebbels* (*Journal de Joseph Goebbels*, Tallandier 2005).

phique. S'inspirant du procédé des *Lettres persanes* de Montesquieu (où l'ailleurs convoqué permet de critiquer ce qui se passe sous nos yeux), Wiechert situe son histoire loin de l'Allemagne. Ici, on aurait pu craindre un décor indien de pacotille. Un exotisme de surface seulement au service du propos. Là encore, le romancier nous surprend, car il arrive à faire prendre vie à ce lointain (certes fantasmé) par son attention aux plantes, aux animaux, aux textures, aux couleurs… Et bien sûr chez Wiechert, il y a ce plaisir du récit. Il alterne les tons et les rythmes en créant des personnages jamais monolithiques, mais capables de changement.

Malgré sa forme, celle d'une fable, *Le Buffle blanc* ne trompe personne. À la lecture des épreuves, Goebbels invite vertement l'éditeur de Wiechert à ne pas le publier. Wiechert est menacé de « mise au pas » s'il ne se reprend pas et son passeport lui est confisqué.

En 1937, après l'arrestation du pasteur Martin Niemöller pour ses discours contre la persécution des Juifs, Ernst Wiechert franchit le pas. Devant un parterre d'étudiants munichois, il ose critiquer ouvertement les nazis. La nouvelle se répand : l'auteur le plus populaire des Allemands défie le régime. Goebbels ne tarde pas à l'apprendre et ordonne à la Gestapo de Munich d'agir. Quelques jours plus tard, Wiechert est arrêté puis interné au camp de concentration de Buchenwald. Ces trois mois d'internement le broient. Il est libéré avec l'injonction de ne plus prendre la parole publiquement, de ne plus publier de livre sous son nom et de se tenir sagement chez lui.

La culpabilité de ne pas avoir su plus ou mieux résister le ronge. Pour ne pas se laisser envahir par la honte de ne pas avoir eu le courage de ses idées, il écrit jour et nuit. En sort une fresque apolitique, une sorte de saga sage : *Das einfache Leben*[4] publié en 1942 sans le nom de l'auteur. Une fois ce texte insipide et alimentaire terminé, il entame ses trois dernières grandes œuvres, en sachant qu'il ne pourra les publier qu'une fois le régime renversé. *Le Bois des morts* sera le titre de son témoignage sur l'internement et surtout sur les mécanismes des nazis pour déshumaniser les internés. Ensuite viendront les romans : *Les enfants Jéromine* et *Missa sine nomine.* C'est à quelques mois de la publication de ce dernier roman qu'Ernst Wiechert s'éteint en Suisse où

4. *La vie simple*, Stock, 1946.

il s'était réfugié après la guerre, ne voulant plus vivre en Allemagne, ce pays qu'il avait tant aimé et qui l'avait tant déçu.

À l'heure des replis nationaux, des crispations identitaires et de la guerre à nos portes, la lecture du *Buffle blanc* aide à ne pas succomber à l'abattement ou au ressentiment. Au contraire, elle réactive ce vieux précepte, parfois délaissé, disant que rien d'humain ne nous est étranger. Sous cet angle se tassent les tensions et s'éveille cette belle capacité de l'homme : celle de l'attention. Chez Wiechert, écouter, non pas l'être en tant qu'être, mais l'être en tant qu'autre est le premier pas qui mène hors de la haine. Et il est peu dire que notre temps réclame cet élan.

À découvrir aux éditions du typhon :

Collection *Après la tempête*

Mirko Bonné, *Plus jamais nuit* (Allemagne)

John Braine, *Une chambre au soleil* (Angleterre)

Dola de Jong, *Les désirs flous* (Pays-Bas)

Irmgard Keun, *Une vie étincelante* (Allemagne)

Tadeusz Konwicki, *La petite apocalypse* (Pologne)

René Maran, *Un homme pareil aux autres* (France)

André Masson, *Un temps pour mourir* (Île Maurice)

Victor Pakov, *Allemagne, conte obscène* (Bulgarie)

Andreï Siniavski, *André-la-Poisse* (Russie)

John Wain, *Et frappe le père à mort* (Angleterre)

John Wain, *Hurry on down, les vies de Charles Lumley* (Angleterre)

Keith Waterhouse, *Billy le menteur* (Angleterre)

Ernst Wiechert, *Roman d'un berger* (Allemagne)

Collection *Les hallucinés*

Caroline Audibert, Clara Dupuis-Morency, Hélène Frappat

Bérengère Cournut, Marie Cosnay, Karin Serres,

L'Étrange féminin (France)

Lucie Baratte, *Le chien noir* (France)

E.T.A. Hoffmann, Tristan Bonnemain (illustrateur), *Dans la nuit d'E.T.A. Hoffmann* (Allemagne-France)

Edgar Mittelholzer, *Le temps qu'il fait à Middenshot* (Guyana)

Doina Rusti, *Zogru* (Roumanie)

Collection *Soleils noirs*

Wolfgang Koeppen, *La mort à Rome*

Edgar Mittelholzer, *Eltonsbrody*

Suivez notre actualité sur notre site Internet
www.leseditionsdutyphon.com

et sur les réseaux sociaux
instagram/leseditionsdutyphon
facebook/leseditionsdutyphon

Ce tirage du *Buffle blanc* a été achevé d'imprimer
en décembre 2022 sur les presses de l'imprimerie Pbtisk
(République tchèque) pour le compte des éditions du typhon.

Numéro d'éditeur : 24

Dépôt légal : février 2023

Le dessin ci-dessous a été réalisé par Adrien Bargin.